父の逸脱

ピアノレッスンという拷問

セリーヌ・ラファエル
林 昌宏 訳　ダニエル・ルソー／村本邦子 解説

新泉社

Céline Raphaël
"La Démesure : Soumise à la violence d'un père"
Postface de Daniel Rousseau

This book is published in Japan by arrangement with Max Milo Éditions,
through le Bureau des Copyrights Français, Tokyo.

Original jacket design: Linda Ayres
Japanese edition design: Ami Maruyama

父の逸脱❖目次

◉装画……Linda Ayres
◉装幀……丸山有美

父の逸脱――ピアノレッスンという拷問

プロローグ

十歳の誕生日から数日経ったある晩のことだ。わたしはすでに何度も殴られ、夕食もとらせてもらえなかった。それなのに父は、床に就く前のわたしに、その日最後のお仕置きをしようとした。食堂に連れて行かれたわたしは食卓に座らされた。父は皿を手に取ると、そこに冷えたオムレツ、ヨーグルト、ひと切れのパン、水、サラダを乱暴に混ぜ合わせた。

「これをきれいに食べ終えるまで、席を離れるな」

わたしは、勇気を振り絞ると同時に、絶望感に苛《さいな》まれながら父の顔を見据えた。なぜわたしがこのような仕打ちを受けなければならないのかと、涙ながらに訴えたのだ。わたしに対する扱いは、わが家の愛犬ジャーマン・シェパードのハイドンに対するよりも、ずっとひどかった。父はわたしの瞳を覗き込みながら冷たく言い放った。

「お前は犬以下の存在だ」


この強烈な言葉は骨の髄までしみ込んだ。わたしはこの言葉を生涯忘れないだろう。この言葉を脳裏から消し去ろうとしてもできないのだ。

その後もこの言葉が付きまとい、わたしは前向きな気持ちになれないでいた。自信がもてず、自分のことをあまり好きになれないのである。

わたしは不細工ではないが、美しいというわけでもない。

わたしのことを頭の悪いやつだと言う人はいないが、わたしは自分のことを賢い人間だとは思わない。

わたしを誇りに思ってくれる人が現われることなど、あるわけがないと思っていた。だから数年前に連れ合いができたことに、驚きを感じる毎日を送っている。彼は包容力をもってわたしを愛してくれる。わたしは自分が嘘つきだという思いを拭い去れないできた。

わたしが類いまれなピアニストになることを夢見ていた父は、わたしに完璧な演奏を求めたが、わたしは父の期待にはまったく応えられなかった。よって、ごく普通の子どもだったわたしは、とても高い代償を払う羽目になったのである。

鏡に映る自分の姿を眺めると、死なないために闘ってきた歳月を思い出す。いつか誰かがわたしを救ってくれる、父の手からわたしを解放してくれるという期待を胸に抱き、耐え忍んだ長い年月。わたしは生き延びるために闘い、そして生きながらえた。現在、自分はその闘いに勝つことができたのではないかとさえ思っている。博士号を取得した後、念願の研修医になり、子どもの虐待を防ごうという思いから闘い始めた。それは、やってはいけないことをなくすためであり、声をあげられずに苦しむ人をなくすためだ。家庭内の虐待を根絶するには、法整備の発展と社会のさらなる理解が欠かせない。というのは、家庭内暴力は隠蔽されやすく、世間もこれを直視したがらないからだ。

わたしは躓《つまず》きながらも、自分は犬よりもはるかに価値ある存在だと自分自身に語りかける。忘れてしまうべきか。赦せばよいのか。どのようにして人生をやり直せばよいのか。わたしのような境遇におかれた子どもたちが最悪の事態を迎えることがないようにするために、そうした子どもたちの身近にいる大人たちの目を見開かせるために、わたしは語る。

本書はわたしの物語である。音楽の才能があると言われ、わたしはピアノを弾く家畜になり、父はわたしを拷問し続けた。周りの人たちは目を背けた。

今日、わたしはキーボードを叩く指に思い出を託す。自分のリズムで、新たなハーモニーを奏でるために、自己の物語の楽譜を書き綴る。

わたしの物語に耳を傾けて――。

1　二歳半、最初の音符

凍てつくような冬の寒い夜。わが家に至る道は雪にすっぽりと覆われ、近所の明かりがいくつか見えるだけで、外は一面、真っ白だった。両親がルデシュ県〔フランス南東部〕に建てた家は、小道の行き止まりにあった。小さな女の子だったわたしにとって、その家は大きな城のように感じられた。一階には自分専用の部屋もあった。わたしはその部屋を自分のおもちゃ置き場にした。そう、それがプレイルームだったのだ……。外は雪ですっかり覆われていたが、窓からは川沿いにひろがる広大な庭が見てとれた。庭は数ヘクタールもあった。父は、家にいるときは天候が許すかぎり大地を耕し、水を撒き、野菜の苗を植え、果実をつける樹木の手入れに専念していた。畑仕事が大好きだったのだろう。それでも父はわたしのために、家のテラスの近くにブランコと滑り台を据え付け、遊び場をつくってくれた。春が来れば、そこで楽しく遊べるはずだった。

居間の暖炉の前にあるソファーでくつろぐ母にくっついていたとき、玄関の呼び鈴が鳴った。ようやく眠りに落ちた妹のマリーが呼び鈴の音で目を覚まさないように、父は素早く立ち上がり、玄関のドアを開けた。

そのときのわたしは、まだ尊敬のまなざしで父を見ていたが、すでに恐れを感じていた。長身で細身の父は、表情は暗く、髪は漆黒だった。口髭《くちひげ》のせいで堅物の雰囲気が漂っていた。目つきは鋭く、滅多に笑わなかった。おそらく、三十歳の若さで技術部門の責任者になった職務上の責任感が、父をそのような雰囲気にさせたのかもしれない。

玄関口では、二人の配達人が大きなアップライトピアノを運んでいた。そのピアノは天然木で、鍵盤は象牙だった。

父は目を輝かせ、「このピアノはお前のものだ」とわたしに言った。父は誇らしげに母を見た。父にとって、ピアノを娘に与えるのは、自分の過去の傷を癒すことだったのだ。子どもならピアノが欲しいと思うだろう。だがそのとき、わたしはこの贈り物がきっかけで悪夢のような日々を送ることになるなど、つゆほども思わなかった。

母もこの存在感ある木製の楽器に感嘆した様子だった。母は、父とは反対に小柄で弱々しかった。顔色は悪かったが、輝く瞳と穏やかな微笑《ほほえ》みは、晴れやかな気持ちにさせてくれる。さまざまな点で、母の性格は父と正反対だった。母は陽気で愛情豊かな一方、父は内向的で近寄りがたく物悲しげだった。

配達人がプレイルームにピアノを据え付けている間、わたしは自分のピアノをうっとりと眺めていた。二歳半だったわたしの運命はその日から変調をきたした。ハーモニーを奏でながら、玄関から地獄が運び込まれたのだ。わたしたちの暮らしを押し潰し、わたしたちの運命を狂わせるロードローラーが動き始めたのである。このピアノは父の妄想から生じたトロイの木馬だったのだが、誰一人としてそのことにはまだ気づいていなかった。

なぜ父がわたしにピアノを選んだのかは、わからない。貧しい幼少期を過ごした父は、アコーディオンで我慢しなければならなかったからだろうか。

当時、わたしは快活な女の子だった。父は、そんなわたしのほとばしるエネルギーと利発さを、何か有意義なことに向かわせたかったのかもしれない。わたしはどちらかといえば早熟な子どもだったようだ。


わたしを出産するために仕事を辞めた母は、わたしが普通の子よりも早くおしゃべりを始め、文字が読めるようになり、歩くようになったことを、誇りに思っていた。わたしは生後九か月頃から普通におしゃべりができたという。母は、ベビーカーに乗ったわたしの会話力に通りすがりの人たちが驚いていたと、よく自慢していた。

二歳近くになると、わたしは一日中、身のまわりのあらゆることについて質問した。母は、知りたがり屋でどんなことでもやってみたがるわたしへの返答に窮し、疲れ果てることもあった。そんなとき母は、ほんの少し休憩するためにわたしを父のほうへ向かわせた。もし、わたしがとても手のかかる子どもではなかったなら、おそらく違う展開になっていたかもしれない。時計の針を戻せるなら、母を質問攻めにするわたしの多動な行動はもう少し落ち着きのあるものになっていただろうし、母の妊娠の知らせにやきもちを焼くこともなかったに違いない。弟や妹など欲しくはなかった。せっかく両親を独占していたのに、自分の地位が格下げになると思ったのだ。

これはよくある話だ。おそらくわたしは、母にべったりとくっつき、母を独り占めしようとしていたのだろう。母から片時も離れず、トイレにまでついていった。母の態度に、母の友人たちは苛立った。友人たちは母がわたしを甘やかしていると思ったのだ。母は断ることのできない人だったのである。

一九八五年十一月十日の晩、わたしと母のこうした密接な関係に変化が生じた。その夜、わたしを叩き起こした父は、わたしを近所の家に預けると、ひどい陣痛に苦しむ母を連れて最寄りの大病院へと駆け込んだ。母はまだ妊娠五か月半でしかなかった。そんな早い時期に生まれても、赤ちゃんは無事に育つのだろうか。

病院に到着すると、母はすぐに大量出血し、意識不明になった。医師たちは帝王切開するしかなかった。こうして妹マリーが誕生したのである。未熟児で生まれたマリーは脳の酸素不足のため左半身不随だったが、一命を取りとめた。すぐに保育器に入れられたマリーは小児専門病院に搬送された。その間、わたしは近くに住む母の友人の家に預けられた。この時期からわたしは大きな孤独感を抱くようになり、愛情の不足に悩まされた。

妹マリーに会う以前から、わたしは妹に嫉妬していた。幼いわたしは、母の不在が長引いたのは妹のせいだと考えたのだ。

両親がようやく迎えに来てくれたとき、わたしは、母が自分をまた置き去りにするのではないかと恐れ、警戒心を強め、一日中、文字どおり母にくっついていた。母は妹の様子を見るために、午後になると毎日、病院に通わなければならなかった。わたしはそのたびに泣き叫んだのである。

マリーは順調に回復した。酸素吸入器はすぐに取り外され、自分で栄養を摂取できるようになった。脳に異常はなさそうだった。半身不随は治りつつあったが、股関節の障害は消えなかった。よって、矯正装具を着用しなければならなかった。装具を装着する目的は、肢体がバランスよく成長するために劣った部分をサポートするためだが、それは拷問に等しかった。とくに新生児には耐えがたい苦痛をもたらした。それでも赤ちゃんの通常の出産時期である三か月後に、マリーは無事に退院した。

わたしは妹に強烈な嫉妬心を抱き続けたようだ。朝から晩まで自分にかまってくれと母に要求したのである。マリーの健康状態を考えれば、それは無理な話だった。母は昼夜問わず、二時間おきに哺乳瓶を準備しなければならなかった。さらに、矯正装具の装着には細やかなケアが必要だった。というのは、摩擦と浸出液のせいで皮膚がただれてしまうからだ。母は涙と不安に明け暮れる日々を過ごしたのである。わたしは自分一人でなんとかしなければならなかった。母が相手をしてくれないので、わたしはしばしば母をわざと困らせた。反抗して駄々をこねたのである。わたしの相手にうんざりした母は、わたしを父に託した。だから父はわたしに音楽を習わせることにしたのである。

こうしてわたしは、普通の子どもがおしゃべりを学ぶ時期に、色ステッカーを使ってピアニストになる道を歩み始めた。ピアノの鍵盤と楽譜の音符にそれぞれ同じ色を付けて楽譜を理解させながらピアノを弾かせる方法は、わたしの最初の先生、レヴィ婦人のアイデアだった。わたしたちが暮らしていた地域でわたしのような幼い子どもを生徒にしたのは、レヴィ先生だけだった。レヴィ先生がわたしを引き受けたのは、父が頼み込んだからだった。父は家での復習教師の役目を買って出た。

『メトード・ローズ』〔フランスの子ども向けピアノ教則本〕から始め、すぐに大人も使うピアノ教則本『クラシック・ファヴォリ・ドゥ・ピアノ』に取り組んだ。ピアノは遊びであり、レヴィ先生はとても親切で優しかったので、彼女の家に行くのは楽しみだった。家でしっかり練習してからお稽古に行くので、レヴィ先生はお稽古の終わりにご褒美としていつもお菓子をくれた。

父がわたしに課した毎日の練習時間は三十分だったが、すぐに一時間に延長された。まだ三歳だったわたしは、一時間も集中して練習するのは苦痛だったので、駄々をこねることもあった。だが、お稽古中に父がわたしに注目してくれるのはうれしかった。わたしにかまってくれる人がいたのだ。

わたしの家族は徐々に二分されていった。ピアノの練習のためにプレイルームで過ごす時間が増え続ける父とわたし、そして、プレイルームには立ち入らずに過ごす母と妹である。

当時、快活だったわたしは、多くの子どもたちのようにほんの少し反抗的な子どもだったのかもしれない。言い返すのが得意で、大人たちに反抗していた。あの頃のわたしには、まだそんな元気があったのだ。

だがまもなく、わたしは元気をなくし、壊れてしまった。自分の意見をまったく述べられなくなり、嫌と言えなくなり、やめてと叫べなくなり、訴えることができなくなってしまったのだ。好奇心旺盛だった二歳の女の子は、数年後には自分が生き延びることだけを考えるようになったのである。ピアノの白鍵と黒鍵だけに向き合う生活が始まったのだ。

2 「お父さん、あなたの娘さんは才能がありますね」

五歳になる少し前、わたしたち家族はドイツに引っ越した。技術部長に昇進した父は、ドイツにある化学工場の重要なポストに就いたのだ。

わたしたち家族は閑静な住宅街で暮らすことになった。引っ越した家は集合住宅だった。小さな庭は村の学校に通じていた。建物の地下は、隣に住む定年退職した夫婦との共有だった。その夫婦は、二人の幼い子どもをもつ家族がかれらの隣で暮らすことを面白く思っていなかったようだ。地下の一室に核シェルターをつくらせたことが、かれらの疑り深い性格を表わしていた。

妹マリーとわたしはフランス人学校に通うことになった。学校へは徒歩で通えた。家から数メートル先にある森を横切ると学校だった。

通学にはいつも母が付き添ってくれた。深い森、巨大な木々、森の奏でる数々の音は、わたしのインスピレーションを掻《か》き立てた。森の中を歩くたびに、ぞっとするような魔法使いや幽霊の話を創作するのが楽しかった。

わたしは小学二年生〔初級科一年生〕になり、マリーは幼稚園の年中組に入った。

ドイツでは、小学校から教科ごとに先生が異なる。学校には、算数の先生、ドイツ語の先生、フランス語の先生、美術の先生、歴史と地理の先生がいた。教えてもらう先生がたくさんいることにかなり戸惑った。なぜなら、先生と触れ合う時間がほとんどないからだ。先生たちは学期が終わる頃になっても、生徒の性格を充分に把握できず、名前さえ覚えていないこともあった。こんな状態では、生徒は悩みごとがあっても先生に相談しようとは思わないだろう……。


引っ越しの荷解きが終わり、新居のプレイルームにピアノが据え付けられると、父はすぐにピアノの先生を捜し始めた。その結果、トネン婦人に白羽の矢がたった。

見た目からは年齢がよくわからないが、トネン先生は高齢で、体型は痩《や》せ形で、腰は曲がっていた。歩くときはいつも杖《つえ》をついていた。おかっぱ姿のトネン先生の表情からは、厳しい人生を過ごしてきたことが窺えた。かなりの苦労をしたのだろう。トネン先生は百歳近いお姉さんと一緒に暮らしていた。むしろお姉さんのほうがトネン先生よりも健康そうに見えた。彼女たちは鳥かごに緑色の鳥を飼っていた。彼女たちにとって、その鳥は自分たちの唯一の宝物であると同時に、己の姿を映し出す鏡のようなものだった。

トネン先生は、数十年前から自分の幼い生徒たちをひどい目に遭わせてきたようだった。そんな彼女は、幼いわたしがピアノを弾くと、すぐにわたしの繊細な演奏に驚愕した。

トネン先生は毎週土曜日のお稽古のたびに、わたしには音楽の才能があると父に言った。この類いまれな才能は開花させるべきであり、無駄にするのはもったいないと訴えたのである。厳しいレッスンを課すトネン先生は、わたしに辛《つら》く当たった。彼女はしごきこそ上達の近道という、古臭い考えの持ち主だったのだ。

トネン先生は東ヨーロッパの時代遅れの学派に属していた。つまり、才能を開花させる唯一の教育法は生徒を懲らしめることだと信じていたのだ。そのようなわけで、トネン先生に褒められたことは一度もなかった。

そうしたトネン先生の態度は、父に影響を及ぼした。わたしに対する父の要求は強まった。父の視線は日増しに険しくなり、わたしは父の命令に嫌とは言えなくなった。「お前は黙ってピアノを弾け」が父の決まり文句になった。ひとつのミスタッチも許されなくなり、練習時間は増え続けた。

フランスにいたときからすでに毎日三時間から四時間くらい練習していたが、四歳半になってドイツで暮らすようになると、父はわたしに厳しく接するようになった。わたしのピアノに完璧を求める父の強迫観念が明らかになったのは、ドイツに移り住んだときからだ。罰を与えるのが当たり前になり、体罰がエスカレートするようになったのは、このときからである。

五歳の誕生日を迎える直前の日曜日の朝のことだ。わたしはポッツオーリの教則本を三時間近くも繰り返し練習していた。わたしの右隣に置いたピアノ椅子に腰かけた父は、次第に苛立った。わたしは疲れ始め、演奏に集中できなくなった。

「いいか、これからノートに記録をつける。自分の間違いに気づかないまま三回以上弾いたら、革のベルトで三回、お前の尻をひっぱたく。わかったな」

わたしは言葉を失い、茫然とした。ものすごい恐怖に襲われた。掌《てのひら》は汗ばみ、指はガタガタと震えた。

集中しようと必死になり、練習曲を繰り返し演奏しようとするが、父の手もとにあるノートが気になって仕方がない。

今でもあのときのことを鮮明に思い出す。

途中まではなんとかうまく弾くのだが、父がノートに鉛筆を走らせる音がする。大きなプレッシャーを感じるわたしは自分の間違いに気づかない。こうして父はノートに一回目のしるしを書き込む。その瞬間、わたしの集中力は途切れ、また間違える。そして父は二回目のしるしを書き込む。

こうなると、もう間違いに気づかずに弾くことなどできない。父の鉛筆の音に気をとられ、ふたたび鉛筆の音がするではないかと怖じ気づいてしまうのだ。すでにどこを弾いているのかさえわからなくなる。楽譜は目に入らなくなり、父のちょっとした身動きが気になり、視界の片隅でピアノに映る父の姿を盗み見する。父はノートに三回目のしるしを書き込むと静かに立ち上がり、無言で自分のズボンから皮のベルトを外すと、ピアノの左側にある事務机のほうへ行けと目で合図する。

「ズボンを下げて前かがみになれ。両手は机の上に載せるんだ」

全身がこわばり、ひと言も発せなかった。体罰という、ずっと恐れていた瞬間が訪れたのである。こんな恐怖を感じたのはそのときが初めてだった。前かがみになると、父のベルトが見えた。最初の鞭打ちは強烈だった。臀部《でんぶ》に焼けるような衝撃が走った。それまで感じたことのない痛みだった。わたしは涙をこらえられなかった。

二回目はすでに腫れ上がった部分への一撃だったので、さらに強烈な痛みに襲われた。

二回目が激痛だったため、三回目は感覚がなかった。

父がベルトを自分のズボンに戻し、静かにピアノ椅子の隣に腰かける間、わたしは下げたズボンを無言で引き上げ、ピアノ椅子にふたたび座った。

父が「二ページから再開しろ」と命令するとまもなく、母がドアをノックした。

「あなたたち、お昼ごはんよ。食堂に来て」

「セリーヌの分はいらない」

父はそう言って立ち上がると、わたしを蔑《さげす》むような眼差しで睨《にら》みつけた。

「俺が食事している間、お前は一人で練習しろ。食事が終わったら、また付きっきりで練習する。さぼるんじゃないぞ。もしさぼったりしたら、ひどい目に遭うぞ。覚えておけ」

わたしは打ちひしがれた。気が動転し、冷静になろうとしたが無駄だった。完全に取り乱した。父はどうしてあんなひどいことをしたのか。わたしに何が起こったのか。

フランスにいるときの父は、人形を大事に抱えたわたしを遊園地に連れて行ってくれて、ブランコに乗るわたしの背中を優しく押してくれた。それなのにどうして父は、わたしにあんなむごい仕打ちをしたのか。なぜわたしは食べさせてもらえないのか。これからいったい何が起きるのか。父はわたしのことを嫌いになってしまったのか。わたしはまた体罰を受けるのだろうか。

考えがまとまらずに怯えた。悪夢は始まったばかりであり、わたしの人生は変わってしまったのだ。パニックに陥ったわたしは、自分をコントロールできなくなった。父の愛を取り戻し、微笑む父の顔をまた見たかった。そう願うなら、父に許してもらうしかない。

わたしはピアノ椅子から立ち上がり、練習音が父、母、マリーに聴こえるようにプレイルームのドアを開けた。フォークとナイフが皿に触れる音がした。かれらはおしゃべりをしていた。わたしなど、この世に存在しないかのようだった。とても恐ろしかった。

四つん這いになって廊下を移動したわたしは、食堂の入口に辿り着いた。

「パパ、許して。さっきは間違えてごめんなさい。お願いだから一緒に来て。これからはまじめに練習する。誓うわ」

もう食べることなど、どうでもよかった。わたしにとって重要なのは、父がわたしを許し、父が激怒しないことだった。昔のようにわたしを愛してほしかったのである。

四つん這いになったまま、わたしは泣いた。

母と妹は何も言わなかった。

「今から三つ数える間に、プレイルームに戻りなさい」

父は突然立ち上がった。母は父の腕を握って引きとめた。

「わかったわ、戻るわ。ぶたないで」

父に殴られると思い、わたしは手で頭を覆いながらそう言った。

わたしはプレイルームに急いで戻り、ドアを閉めた。

わたしは、父そして父の愛を失った。自分を待ち受ける恐怖が次第に明らかになってくると同時に、わたしはいつ何時死ぬかもしれないと怯えた。

不安に苛まれ、痛みに苦しみ、鞭に打たれ、死にそうだった。

それは単なる三回の鞭打ちではなかったのだ。この仕打ちこそわたしの人生を掻き乱したのである。

3 寡黙になる

あの忌まわしい出来事によって平穏な日々は終わり、わたしの人生は次第に重苦しくなった。また殴られるのではないかと怯えながら暮らすようになり、自分はまもなく死ぬのではないかと思い始めた。夜は悪夢を見るようになった。ベッドで寝ていると、粗暴なオランウータンたちが近づいてくる。オランウータンたちは、わたしを誘拐しようとする。逃げようと焦るのだが、階段を上ることができず、歩くことさえできない。金縛り状態である。そしてオランウータンたちに捕まる瞬間、はっと目が覚めるのだ。わたしの無意識の根底に、父の野蛮な態度が刻まれたのである。

わたしが通う学校の生徒の大半は、ドイツ人良家の子女だった。父兄がドイツ人であっても、自分の子どもがフランス人学校に通うのは、かれらにとって自慢だったのだ。ひと言もドイツ語をしゃべることができないわたしはあまり友達ができず、仲間はずれの状態だった。教師たちはわたしのことなどほとんど覚えていなかった。かれらは授業が終わるや否や、次の授業がある教室へそそくさと移動した。教師たちの中でわたしを慮《おもんばか》ってくれる者は誰もいなかった。学校は、ただ成績のよい生徒でしかなかったわたしが、かれらの誰かに家庭内のことを打ち明ける雰囲気ではなかった。

学校生活は期待はずれだったが、ジュヌヴィエーヴと知り合いになれたのは幸いだった。わたしたちの家の近くに住むフランス人の彼女は、三十年以上もドイツで暮らしていた。四十歳代の彼女は陽気でとても親切だった。背は高く、痩せ気味で、白髪交じりの短髪の彼女は、小さな丸い眼鏡をかけていた。彼女のそうした表情からは親しみやすさを覚えた。

彼女と技術者の夫との間には二人の息子がいたが、二人ともすでに成人し、ほんの少し前に家を出て独立していた。わたしたちが引っ越してきてまもなく、彼女はわが家に挨拶に来た。結局、挨拶に来たのは彼女だけだった。近所のブルジョワ的な雰囲気に馴染めず、引きこもりがちな母にとって、彼女の存在は安らぎをもたらした。ここで暮らしてからわれわれに声をかけてくれた人は、彼女以外にいなかった。近所を散歩して目に入るのは、窓のカーテンを固く閉じた家ばかりだった。近所の人びととはお互いに監視しているものの、言葉を交わすことはなかった。

この地域の風習やしきたりをからかい、自分の生き方を変えないジュヌヴィエーヴは、じつに寛大な女性だった。庭に迷い込んできたさまざまな動物を飼っていた彼女の居間は、ノアの方舟のようだった。そこには、猫のグラボット、ハリネズミ、亀、鳥などがいた。彼女は、近くの病院に入院中の子どもたちを定期的にお見舞いしていた。さらに彼女は、この地域で暮らすフランスの子どもたちのために、『真鴨』というタイトルの小冊子を発行していた。文章とイラストは彼女自身が手がけていた。彼女は想像力と独創性に溢れる人物だったのだ。この小冊子は、歴史、フランス語、手芸、ペットの飼い方、ゲームなど、さまざまなテーマを扱っていた。彼女は月一回発行の小冊子を作成するだけでなく、自転車で配達までしていた。

彼女は、わたしたちの家で起こっていることをはっきりとは知らなかったが、それでもわたしの年齢から考えてピアノの練習時間が長すぎることは知っていた。控えめな彼女は他所《よそ》の家の子どもの教育法に異議を述べるようなことはしなかったが、わたしを救おうと手を差し伸べてくれた。彼女は機会を見つけてわたしとマリーをプールに連れて行き、両親が外泊しなければならないときは、わたしたちを彼女の家で預かってくれた。わたしとマリーは彼女の家の「青い部屋」に泊めてもらった。わたしは明るく居心地のよいこの部屋の二段ベッドで安心して眠った。ジュヌヴィエーヴの家では悪夢にうなされず、ぐっすり眠れた。

彼女と一緒にいると心が和らぎ、安心できた。彼女と一緒に過ごすのは心地よかった。自分の家で起きていることを打ち明けたかったが、どうしても話せなかった。打ち明ければ、彼女は父に話すだろうし、そうなれば状況がさらに悪化するのではないかと恐れたのだ。

六歳の誕生日のことだ。彼女はあらかじめ父の承諾を得て、何の前触れもなくわたしを迎えに来た。わたしはどこに行くのかも知らされず、彼女の車に乗った。しばらくすると映画館に到着した。映画館ではドイツ語版の『リトル・マーメイド』が上映中だった。生まれて初めて映画館に来たわたしは、天にも昇る気持ちだった。牢獄のような日常生活を忘れさせてくれる、つかの間の自由とファンタジーに満ちた映画は、とてつもなく素晴らしい誕生日プレゼントだった。

本当に幸せだった。気持ちが楽になり、自信が湧いてきた。わたしとジュヌヴィエーヴは、隣同士の席でこのカラフルなアニメ映画を観た。時間が止まり、わたしの心の傷は癒された。

あの日、わたしは彼女のおかげでどれほど救われた気持ちになったことだろう。だが、彼女はそのことに気づかなかったに違いない。


映画館を出ると、わたしは彼女にどうしても打ち明けたくなった。幼いわたしは、彼女ならわたしを助けてくれるはずだと思ったのだ。不思議な力を持つ妖精のような彼女が、魔法を使ってすべてを消し去ってくれると夢想したのである。彼女に打ち明ければ、人生をもう一度やり直せるはずだ、あの父を優しい父に変えてくれるはずだ、わたしにひどい仕打ちをしていることを父に悟らせてくれるはずだ……。だが、やはり言い出せなかった。

わたしの話を信じてもらえない、事態がさらに悪化する、父に悪い、父をがっかりさせてしまうなどの不安が、わたしの夢を打ち破った。こうしてわたしは徐々に寡黙な子どもになってしまったのである。

他人に話せなかったのは母を頼りにしていたからだ。わたしは、母がこの事態を知れば父の逸脱を止めてくれるだろうと思っていた。わたしは母を信頼していたのである。わたしを助けてくれるのは母しかいないと信じていたのだ。

母がわたしを助けられないとわかったのは、かなり後になってからのことだ。父は家族全員に対して絶大な権威をもっていた一方、わたしたちは無力だった。すでに、ずいぶん前から、母が父に異議を唱えることなどできなかったのである。

4　恵まれなかった両親の子ども時代

母は四人兄妹の三番目だった。上には姉と兄がいた。どちらかといえば貧しい家庭に生まれた母は、酒癖の悪い父親に悩まされた。ほぼ毎日酔っぱらって帰宅しては暴れる母の父親は、次第に堕落した生活を送るようになった。母の母親は月末になると四人の子どもたちの食費を賄うために小銭を掻き集めていたという。そんな母親の姿を見て育った母は、子どもの頃から自分が結婚したら温かい家庭を築こうと心に誓った。父親の酒癖さえ悪くなければ幸せな家庭だったのにと思うと、母は自分の子ども時代をさらに辛く感じた。酔っていないときの祖父は、礼儀正しく優しい人だったという。

「おじいちゃんは、よく「青いジャヴァ（C'est la java bleue）」〔フランスの歌謡曲〕を大声で歌ってくれた。とても陽気な人だったのよ」

祖父は四人兄妹の中でも母をいちばんかわいがった。日曜日には母を連れてカフェによく通った。祖父はカフェの一角に小さなステージをこしらえ、母はそこで歌った。母の素晴らしい歌声に、カフェの客たちはチップを渡し、カフェの主人は一杯おごってくれた。母はグレナデン・シロップ〔ノンアルコールのザクロ果実シロップ〕を注文し、祖父は最初の一杯を口にした。

母はとても賢く、学校でも優秀な生徒だった。わたしは母の文才が羨ましかった。母は学校で優秀な成績を収めることもできたが、劣悪な家庭環境から離れるために家を出た。大学で社会学を専攻してＤＥＵＧ学位〔大学一般教育免状、二年間〕を取得した後、自活するためにすぐに就職した。父と知り合ったのは二十歳のときだ。母は、礼儀正しく思いやりのあるハンサムな父にひと目惚《ぼ》れした。そのとき、父は将来を嘱望されたきわめて優秀な学生だった。母は父と一緒にいると安心した気持ちになれた。

祖父の酒癖が悪くなかったなら、その後どうなっていたのだろうと、どうしても考えてしまう。おそらく今とは違った展開になっていただろう。母は、自信に満ち、自分の意見をしっかりと述べ、幸せで、精神的に自立した女性になっていたに違いない。ほんのわずかな違いであっても魔法のような効果をもたらし、わたしの人生はもっと穏やかなものになっていたはずだ……。

父はイタリアから移民した家族の長男として生まれた。父の生まれ育った家庭環境は、母よりもさらに貧しかった。フランス東部に移住したとき、父の両親はフランス語をまったくしゃべれなかった。必要に迫られた父は、五歳のときから確定申告をはじめとする一家のあらゆる書類手続きを受け持った。祖父はロレーヌ地方の炭鉱労働者であり、祖母は四人の子どもの世話をしていた。

祖父はきわめて粗暴でまったく愛情のない男だった。彼自身、自分の父親に厳しく育てられた。祖父は、自分の子どもたちが立身出世することを強く望んだ。朝、昼、晩といくつもの職をこなし、働くことにうんざりしていた反動から、子どもたちの学校の成績には恐ろしく口うるさかった。父は祖父の愛情が得られず、思いやりのある言葉をかけてもらえなかったが、体罰だけは頻繁に受けたようだ。父は子どもの頃から祖父を恐れていたのである。近所の人によると、ある日、父は数学のテストで悪い点（十点満点の八点）を取ったため、アパートメントの窓から飛び降り自殺しようとしたという。祖父に怒られるのが怖かったのだろう。青年時代になると、父は普通にしゃべることさえできなくなったようだ。だが、父の家族は当時のことを語らないため、本当のところはよくわからない。怯えきった父は、言葉さえうまく発せられなくなったのだろう。そのようなことがあったとしても、父の家族がわたしに言うには、祖父は「たしかに厳しかったが、正しかった」のだ。

父の家族の中で、祖父に殴られたり、体罰を受けたり、恐怖を抱いたりしたことを語る者は誰もいない。自分たちの父親は家族のために身を粉にして働いた男だったというイメージだけを記憶にとどめるために、かれらは自分たちの人生の忌まわしい部分を隠蔽したのである。

そうはいうものの、ある日、母は父が過ごした幼年期についてわたしにいろいろと語ってくれた。父は母と知り合ってから七年後、ようやく母を自分の両親に紹介する決意をした。夜も更けてきたので、わたしの叔母〔父の妹〕は自分の息子にベッドに入るように言ったが、その子はまだテレビを観ていた。すると祖父は、孫はもう赤ちゃんではないのだから、もう少し起きていてもよいだろうと口を挟んだ。叔母が祖父に反論したとき、その場には母がいた。他人の前で口答えされたことでひどく気分を害した祖父は突然立ち上がり、叔母に殴る蹴るの暴行を加え始めた。この光景に母は心底驚いた。祖父の暴行は父が割って入るまで続いたという。

翌朝、まだ寝ていた叔母を除く全員が食事をしている最中、父と母は不審な物音と押し殺した叫び声を耳にした。食卓にいた全員は叔母の部屋へと駆けつけた。祖父は、ベッドの足もとに置いてあった叔母のハイヒールを手にして叔母の上に馬乗りになっていた。祖父は、昨夜の恨みを晴らそうと叔母を殴っていたのだ。寝ているところを襲われて目が覚めた叔母は、祖父の暴力に抵抗せず、ただ茫然としていたという。

これがわたしの父方の祖父だった。祖父は自分の子どもたちが社会的に成功するために自分を犠牲にしたのだろうが、彼は暴力を振るう意地の悪い執念深い男だった。そんな祖父の暴走を止める者は誰もいなかった。

パリの小さな下宿で暮らした父は、一日三食もままならない経済的な苦境を跳ねのけ、優秀な成績を収めた。小銭を稼ぐために父は道端に落ちている瓶の蓋を集め、それらを食料品店に持ち込んで換金した。そのような苦労にもかかわらず、父は難関技術学校を首席で卒業すると同時に、パリ政治学院〔文系のエリート校〕で学んだ。

父がきわめて優秀だったのは間違いない。父は文学的な素養よりも科学的な素養の持ち主であり、相手を説得する能力に長《た》けていたが、自分の感情を表現するのは苦手だった。自分の好きなこと、あるいは嫌いなことをうまく表現できなかった父は、わたしたちに「お誕生日おめでとう」や「メリー・クリスマス」などの言葉を口にすることができなかった。つい最近になって、携帯電話のメールであればそうしたメッセージを送れるようになった。父にとって、自分の感情を表現するというのは、弱い自分をさらけ出すことだった。父は、自分の父親の恐怖から逃れるために肉体と精神を切り離さなければならなかったのだ。

そのとき負った父の心の傷は、いまだに癒えていないようだ。今もなお、父がわたしにしたことと、父がわたしにしたと思っていることには大きな隔たりがある。たしかに、物事はどのような視点から見るのかによって大きく違って見える。わたしには、革のベルトを手にしてわたしを虐待した月日を、父は隠蔽してしまったかのように思える。父は肉体と精神が分裂していたからこそ、施設にいたわたしをできるかぎり早く自分のもとに取り戻すために、弁護士を即座に雇うようなことができたのだ。実際に、父の虐待を語ったり糾弾したりしたわたしを、父は恨んではいなかった。父にとって、そうしたわたしの話は勘違いだったのだ。父はわたしに、若者は反抗するものだと諭した。わたしは、父とピアノの教師が課す拘束に耐えられなかったのだ。わたしは、学校が終わったら、たとえば友達と会うなどピアノ以外のことがしたい年頃だったのだ。

わたしが校医に父の虐待を訴えたことを受け、児童福祉課の役人たちは企業の重役だった父を痛い目に遭わせる絶好の機会だと色めき立ち、きちんとした調査もせずに、わたしを施設に入れた。しかし、かれら役人たちは、わたしが語った父の虐待を絵空事ではないかと疑った。そこでわたしは、父は本当にわたしに暴力を振るったのだと訴え、裁判官に対し、それらの暴力をつまびらかに説明しなければならなかったのである。

ところが驚いたことに、父はわたしに暴力を振るった覚えなどないと確信している。わたしたちの間に起きた出来事に関する父の解釈はまったく異なっているのだ。せいぜい、「たしかに厳しかったが、正しかった」と思っているにすぎないのである。

5　フランスに戻る、ほのかな希望

六歳の夏の終わり、わたしたちはフランスに戻ることになった。オーヴェルニュ地域圏〔フランス中南部〕に引っ越したのである。父は、この地域の基幹産業である化学工場の工場長に昇進した。工場は人口三千人の小さな村のはずれにあった。わたしたち家族はその小さな村で暮らすことになった。父の新たなポストには、社用車、運転手、社宅などの役得があった。工場を建設した一族は村のインフラ整備も行なった。村のほとんどすべての施設はこの一族のものだった。かれらが建設した競技場や体育館は、村のスポーツクラブだけでなく、小学校や中学校も利用していた。工場の従業員たちは、かれらが村に建てたプールや映画館を割引価格で利用できた。庭付きの白い美しい家が連なる住宅地を最初に整備したのもかれらだ。似たような家が建ち並んでいたが、工場長の家は別格だった。ひときわ目立つ黄土色の壁の巨大な家は、工場長の社会的地位を表わしていた。村の誰もがこの邸宅を知っていた。この村では、住宅の配列や外観にまで工場における序列が反映されていたのだが、そのことに文句をつける者は誰もいなかった。

わたしたち家族はこの村でいちばん大きな家に引っ越したのである。家の周りには庭と菜園があり、正門から家の玄関までの長いアプローチには小石が敷き詰めてあった。両親が荷ほどきをしている間、わたしと妹マリーは庭で遊んでいた。わたしたち家族が引っ越してきたことは、すでに村じゅうに伝わっていたようだ。というのは、通行人たちがわたしたちの家の前で立ち止まり、新たに着任した工場長とその家族の様子を観察していたからだ。日中、通行人が門の前で長い間佇んでいることがしばしばあった。かれらは数分間こちらの様子を窺うと、何の挨拶もなしに立ち去るのだった。

ところが、ある日の午後、玄関の呼び鈴が鳴った。花束を持った夫婦が玄関の扉の前に立っていたのである。こうしてわたしたちは、ピエールとアニーと知り合いになった。村の名士であるかれらは、われわれに挨拶に来たのだ。四十歳代のピエールは村の開業医だった。妻のアニーは三人の大きな子どもの世話をするかたわら、診療所で夫の手伝いをしていた。

かれらが住む教会の隣にあるピンク色の家へは、わたしたちの家の庭の奥に面する小道を横切ればすぐに行けた。

母は、新たな土地で友達ができないのではないかと心配していたが、アニーと知り合いになれて喜んだ。実利的な父はこれでかかりつけ医が見つかったと思っていたようだ。

この家にもわたしのピアノ練習のための特別な部屋があった。新たなプレイルームは、居間から少し離れた、二階に上る階段の隣にあった。

引っ越してすぐに、父は新たなピアノ教師を見つけようとした。引っ越しでしばらくピアノの練習を休んでいたが、三つの課題曲を完璧に弾くためにすぐに練習を再開しなければならなかった。ショパンの幻想即興曲、モーツァルトのピアノソナタ、シューベルトの即興曲である。わたしはそれらの曲を、父が電話帳と口コミであらかじめ選んでおいた三人のピアノ教師の前で演奏することになっていたのである。

こうして新学期が始まる直前の土曜日の午後、わたしと父は「ピアノ教師捜し」に出かけた。最初に訪ねたのは、半ズボンにランニングシャツ姿の少し風変わりな若い男性だった。彼は散らかったアパートメントに住んでいた。まず、彼がわたしの課題曲を演奏した。すぐにわたしと父は、彼のピアノはわたしよりはるかに下手だと思った。次にわたしが弾くと、彼はわたしの指さばきと繊細なタッチに仰天した。そのとき、わたしはまだ七歳だった。

最初の候補者にバツをつけると、次にわたしたちは気難しそうな四十歳代の女性の家に到着した。彼女の硬い表情と冷たい視線を見た途端、わたしは恐れをなした。気難しいだけでなく、ヒステリー持ちのようだった。わたしが課題曲を続けて弾き始めると、部屋にいた彼女の三人の幼い子どもたちは、喚《わめ》き始めたかと思うと、わたしの演奏に合わせるかのように足を踏み鳴らした。

ピアノを弾くどころではなかった。父は苛立った。こうしてわたしたちはリストの最後、つまり三番目のベルトラン氏を選ぶしかなくなった。

ベルトラン氏の自宅に着くなり、わたしは好印象を抱いた。家の前の花壇には色とりどりの美しい薔薇《ばら》が植えてあった。玄関の前にはあでやかな色のマットが敷いてあり、よく見るとイタリア語で「いらっしゃいませ」と縫ってあった。呼び鈴を鳴らすと、ベルトラン氏が玄関の扉を開けてくれた。わたしはベルトラン氏が大男であることに驚いた。五十歳代のベルトラン氏は白髪頭で白い顎鬚《あごひげ》を生やしていた。動物でいえば熊に似ていたが、優しそうな感じがした。穏やかで落ち着いた深みのある声の持ち主で、わたしはすぐにベルトラン氏が気に入った。

わたしがピアノを弾くと、ベルトラン氏はとても感心した様子だった。彼は、ぜひ自分の生徒になってくれと言った。その日がベルトラン先生の最初のレッスンになった。

ベルトラン先生はいろいろなことを説明してくれた。大きな手にもかかわらず、先生の弾くピアノは器用で繊細なタッチだった。

わたしはこの先生となら事態は好転するのではないか、わたしの受難に終止符が打たれるのではないかと淡い期待を抱いた。

最初のレッスンのとき、ベルトラン先生の妻が自己紹介をしにわれわれの前に現われた。小柄で痩せ気味の彼女は夫と正反対の体格だったが、快活でいつも笑みを絶やさず、とても親切な人に思えた。彼女は地域の音楽学校でソルフェージュ〔楽譜の読み書きやリズム学習などの基礎的訓練〕を教えていた。
かれらには二人の男の子がいた。長男のジャン＝フランソワは、打楽器奏者としてオーケストラのメンバーになるためにすでに家を出ていた。一方、高校一年生の次男セロは、まだ両親と一緒に暮らしていた。音楽が大好きで小さな頃からピアノを弾いているセロもピアニストを目指していた。

全員が音楽好きのかれらの家には音楽が溢れていた。一階にはグランドピアノ、二階には打楽器があり、音楽に関する書籍やCDは数えきれないほど置いてあった。付箋《ふせん》も音符の形をしていた。この家では、日中であれば誰かが音楽を聴くか演奏するかしていた。

わたしは、どうしてそこまで音楽が好きになれるのかが理解できなかった。大嫌いなピアノに始終向き合うことにうんざりしていたのだ。わたしにとってピアノの練習は苦痛だった。

強制されるのではなく、自ら進んで一日中ピアノの練習をするには、どうすればよかったのだろうか。わたしは、かれらが音楽をこよなく愛しているのをうらやましいとさえ思ったが、音楽だけの生活などまっぴらだった。

わたしにとって、ピアノは、父の暴力のために苦痛であった。ピアノの練習をしたのは、無理やり強制されたからである。素晴らしいテクニックをマスターしたのは、そうするしかなかったからだ。それは生き延びるためだったのである。わたしのピアノのタッチがきれいだったのも同じ理由からだ。ピアノを演奏するとき、わたしは感情を巧みに表現したが、わたし自身はまったく何も感じなかった。わたしの中身は空っぽだった。次第にわたしは、ロボットのように何も考えず、指を楽譜どおりに動かせるようになった。それはピアノという現実から逃れたいからだった。わたしは、完璧に暗譜し、細かな表現の間違いやミスタッチもなしに演奏できたが、一瞬たりとも音楽に陶酔することはなかった。白昼夢に逃避し、時間が早く過ぎてくれるのを願いながら、心は別世界を求めて彷徨《さまよ》っていた。わたしも父と同じように人格が分裂していたのだ。

今日、わたしのピアノに対する考えは、辛かった当時のものとは異なる。ピアノとの間に絆が生じ始めたのだ。そうなるまでには十年以上の歳月が必要だった。わたしはピアノの音を愛すること、そして感情に身をまかせることを学んだ。ピアノのそばで過ごしたいと思うようになったのである。ピアノが魔法をもたらすことに気づいたのだ。ピアノが奏でる音楽によって、聴く人は幸せな気分になれる。かれらの心の痛みは癒され、音楽を聴いている間、かれらは時を忘れられる。わたしは、誰かのためにピアノを弾くのが次第に好きになった。もう少し時間が経てば、自分のためにもピアノを弾けるようになるかもしれない。

ピアノ教師捜しが終わり、夜、帰路についた。これから毎週土曜日の午後、ベルトラン先生がわたしにピアノを教えることになった。ピアノ教師がベルトラン先生に決まってうれしかったが、この喜びは長続きしなかった。

6 最初のコンクールと地獄への転落

九月上旬、わたしは村の私立学校に入学した。学校はわたしたちの家のすぐ向かいにあった。わたしは、小学三年生〔初等教育初級科二年生〕と小学四年生〔中級科一年生〕を統合したクラスに入った。わたしの先生になったのは、高齢の元シスター、デュナン先生だった。しつけに厳しいが、感じのよい人だった。わたしはおとなしくて成績優秀な生徒だったので、デュナン先生はわたしをとてもかわいがってくれた。彼女はすぐに、わたしが授業に退屈しているのに気づいた。小学三年の生徒が引き算を学んでいるとき、わたしはすでに小学四年の割り算の計算問題を解いていたのである。授業中、退屈したときは、デュナン先生が教えてくれた刺繍をして過ごした。

クラスではあまり友達ができなかった。その理由は工場長の娘だったことや、学食にほとんど行かなかったからだ。

唯一の親友は、小学四年生の小柄な男の子、金髪のフレデリックだった。学期が始まってすぐに、彼もわたしと同じように授業中、退屈そうにしていた。彼も暇つぶしに刺繍をやる羽目になった。数か月後、デュナン先生はわたしとフレデリックの教育を改善するための決断を下した。わたしたちはいつもクラスメイトよりも先に練習問題を解き終わってしまうので、彼女はわれわれを教室の最前列に座らせ、小学五年生〔中級科二年生〕のカリキュラムを教えることにしたのだ。クラスで特別扱いされたため、わたしとフレデリックは仲良しになった。ただし、それは学校内だけのことであり、わたしにとっては学校で過ごす時間は休息だったが、あとは家でピアノの練習ばかりしていた。

昼休みのチャイムが鳴るや否や、わたしは慌てて学校から抜け出し、道路を渡って自宅に戻った。というのは自宅では、父が毅然とした表情でわたしを待っているからだ。午後の授業が始まる前に（父が学校に戻ってよいと許してくれるときは）、できるかぎり長くピアノの練習を行なうために、昼食を急いで食べなければならなかった。

午後の授業が終わったときも、わたしは大急ぎで自宅に戻った。宿題を手早く片付けた後に、ピアノの練習をしなければならなかったのだ。そのような生活を送るわたしが、クラスメイトと親しくなれるわけがなかった。

父の新たなポストは責任重大だったが、父は、昼食は毎日自宅でとり、十九時には帰宅した。それはできるかぎり長い時間、わたしのピアノの練習に付き合うためだった。

父は家では仕事の話をいっさいしなかった。父は自分のことを「蝶のデザイナー」だと言っていた。今でもそれが何のことなのかはわからない。父は冗談を言うときも、真面目くさった顔をしていた。父の工場の同僚や友人の名前さえ知らなかったし、父が今の職場を気に入っているのかどうかも不明だった。「蝶のデザイナー」であること以外、わたしは父の仕事について何も知らなかった。

わたしたちが知ることのなかった職業人としての父は、帰宅するとわたしを脅す音楽教師に変身するのだった。

父の同僚に道端で偶然会うと、奇妙な感覚に襲われた。かれらは母に向かって、次のように話しかけるのだった。

「あなたのご主人は、とても魅力的な方ですね」

「ご主人はとても親切な方ですね。そしていつもにこにこしていらっしゃる」

「ご主人は、とてもユーモアのある人ですね」

かれらは父のことではなく、別人のことを語っているのではないかとさえ思えた。そうではなく、父には二人の別人格が宿っていたのだろう。

ベルトラン先生と出会ってから、土曜日の午後はピアノのレッスンになった。先生は、わたしを偉大なピアニストに育てようと心に決めたようだった。知り合ってから二か月後、わたしは先生の勧めで、国内のピアノコンクールに初めて出場することになった。そのときわたしは七歳半で、もうすぐ八歳だった。コンクールの日はわたしの誕生日だった。それは毒入り誕生日プレゼントだった……。

父は、わたしがコンクールに出場することになったのを喜んだ様子だった。しかし、この知らせによって、父は、わたしにすさまじいプレッシャーをかけるようになった。わたしは、完璧な演奏をしてコンクールで入賞しなければならなかった。父は、毎週土曜日のレッスンの際にベルトラン先生がわたしの上達ぶりに満足するかどうかは、自分の名誉にかかわることだと考えていた。父の要求は次第に高まった。コンクールの日が近づくにつれて、ピアノに向かう日々は耐えがたくなった。父はわたしにプレッシャーをかけ続けたのだ。わたしは、父のいる場で厳しい判決が下される土曜日がやって来るのが恐ろしくてたまらなかった。

ベルトラン先生は、わたしたちの家で何が起きているのかを知らなかった。よって、ベルトラン先生は、自分が気づいた点を容赦なく注意し、時には練習が足りないと不満を述べた。ベルトラン先生も自分の評判がかかっていただけに、日増しに強いプレッシャーを感じていたようだ。わたしはベルトラン先生を失望させられなかった。

土曜日のレッスンは、いつも同じパターンで進行した。父とわたしは会話もなく昼ごはんを食べた後、オーヴェルニュの曲がりくねった道を四十五分くらい車で移動する。ベルトラン先生の家に到着すると、父とベルトラン先生はお天気などのあたりさわりのない話をしながらエスプレッソを飲む。それから、わたしたちはレッスンルームへと向かうのだ。レッスンルームの窓からは、花の咲き乱れる庭が見える。二台のピアノが向き合って置いてあり、それらの周囲には楽譜がぎっしりと積み上がっている。一台はアップライトピアノで、このピアノはあまり使わない。もう一台はヤマハの黒のグランドピアノだ。わたしがレッスンで使うのは、このグランドピアノである。ベルトラン先生はわたしの指づかいを見るためにわたしの右側に座る。父は、部屋の少し奥まったところの、オーディオ装置が置かれたあたりに座る。それでも父の表情はいつも目に入る。父の様子がピアノのボディに映し出されるのだ。レッスンが始まると、その週に練習してきたコンクールの課題曲を続けて演奏する。最初は楽譜を見ながら、そしてすぐに暗譜で弾く。ベルトラン先生は鉛筆で楽譜に注意点を書き込む。暗譜で弾くのは嫌だった。曲の途中で止まってしまうのが恐ろしかったのだ。いったん止まってしまうと、次の部分を思い出せなくなることがよくあった。ピアノに集中しようとするのだが、ベルトラン先生のせいで気が散ってしまう。ベルトラン先生がわたしの楽譜に鉛筆で何か書き込む音が聞こえるたびに、わたしの不安は高まった。曲の最後の音符を弾き終えると、わたしはたまりかねて父を振り返った。それは父の表情と険しい目つきを窺うためだ。父をちらっと見ただけで、その日、レッスンが終わってから家でわたしを待ち受けていることがわかった。父は不完全な演奏を許さなかったのである。

レッスンが終わると、家に戻らなければならない。心は完全に折れていた。恐怖の週末の始りだ。父の報復は、ベルトラン先生の家を出た途端に始まる。わたしを「坊主頭」にするために美容室に立ち寄るのだ。髪を短く切るのは、わたしを辱《はずかし》めるためだった。そんなヘアスタイルで学校に行けば、皆にからかわれるのは目に見えていた。今でもわたしは美容室へは月に数回も立ち寄ることがあった。この美容室通いはわたしの心を大きく傷つけた。今でもわたしは美容室に行く気になれない。だから今日でもわたしは、長い髪を自分で整えている。父が美容室の前に車を停めると、わたしは車の座席にしがみついて抵抗するのだが、体の小さかったわたしは無理やり美容室に連れて行かれた。わたしは、いつの日か逃げ出せるだろうと心の中でつぶやきながら、父に虐待されるのを観念しなければならなかった。

コンクール一か月前の土曜日、ベルトラン先生はわたしに対する要求を高めた。コンクールまでにやっておかなければならないことが、まだたくさん残っているというのだ。その日、ベルトラン先生はわたしのピアノに次々と注文をつけた。ベルトラン先生の家を出ても、父はひと言もしゃべらず、わたしと目を合わせようともしなかった。車に乗り込むと、父は車を急発進させた。美容室の前で車を停めたので、わたしは座席にしがみついた。父は、泣くわたしを座席から無理やり引き離そうとした。不審そうな顔をした通行人が、わたしたちに近づいてきた。すると父はわたしから手を離し、押し殺した声で「覚えていろよ」と凄んだ。わたしはすさまじい恐怖に襲われた。

帰路は気まずい沈黙に包まれた。車が木に激突してしまえばいいのにと思った。

家に着くと、わたしは真っ先に車から降り、家に入った。居間にはうろたえた表情の母とマリーがいた。わたしは、今日のレッスンは最悪だったとだけ告げると、プレイルームに入り、父が来るのを待った。母と妹には、わたしが辱められる姿を見られたくなかった。母と妹に見られたら、わたしはもっと苦しむだろうと思ったのだ。かれらの見ていないプレイルームでなら、少しは平静でいられた。数分後に父が現われた。父はわたしの髪を摑み、二階の洗面所へ引っ張っていった。わたしは革のベルトで叩かれると思っていたので、いったい何をされるのだろうかと狼狽した。洗面所で椅子の上に座らされると、父はハサミを捜した。わたしは辱められることになったのだ。ちょうどそのとき母が現われ、父に思いとどまるように懇願した。聞く耳を持たない父は、母を洗面所から追い出し、わたしの髪を切り始めた。切り落とした髪の毛を排水溝に流すと、わたしと父は一階のプレイルームに戻った。父は、ベートーベンの「ピアノソナタ第二十一番ハ長調作品五十三〔ワルトシュタイン〕」の楽譜を手に取り、ベルトラン先生が書き込んだ注意点を数え上げた。注意の数だけ革のベルトで叩かれるのだろう。三十二個まで数えると、父は立ち上がり、自分のズボンからベルトを外した。父はひと言も発せずに、事務机の前に行くように目配せした。あとは儀式のように進行した。わたしはズボンを下ろし、下着を脱ぎ、事務机に両手を置き、前傾姿勢になった。父が鞭打ちを始めようとしたとき、マリーと母がプレイルームに入ってきた。

マリーと母には見られたくなかった。わたしはランニングシャツしか身に着けていなかった。それはわたしの辱めを隠すには短すぎた。わたしはすぐに、自分の惨めな姿を隠すために事務机の下に潜り込んだ。父は母に目もくれず、母の腕を鷲摑みにすると、母をプレイルームから追い出した。マリーは母の後を追った。母とマリーに邪魔されないようにプレイルームのドアに鍵をかけると、父は中断された儀式を続行した。わたしの皮膚は腫れ上がったが、涙をこらえ、悲鳴もあげなかった。母と妹に聞こえたのは、わたしの肉体に鞭が打たれる音だけだったはずだ。わたしは自分の精神がどこか別の場所に行くように心を無にした。すると、まもなく何も感じなくなった。わたしの心はどこか別の場所に行ったのだ。わたしは鞭で打たれた数も数えなかった。鞭打ちが終わると、わたしは黙ったまま衣服を整えて、ピアノの練習を再開した。

コンクール当日、父はとても優しかった。わたしは安心した。

「心配するな。きっとうまくいく。人前で弾くなんて考えずに、ピアノに集中するんだ」

「わかったわ。でも、ときどき暗譜が飛んじゃうの」と、わたしは不安げに父に言った。

「集中すれば大丈夫だ。お前は曲を覚えている。充分練習したじゃないか。間違えるわけがない」

そしてコンクールが始まった。ほかの出場者は全員、どう見てもわたしの倍の年齢だった。かれらの演奏を聴きながら、自分が入賞するチャンスなどないと思った。

わたしの番が来た。立ち上がり、花柄の赤いドレスを着たわたしはピアノに歩み寄った。ピアノ椅子はわたしには低すぎた。そこで、椅子の高さを調整しようとした。会場は静まり返っていたが、わたしが椅子の調整に手間取っていると、ざわざわし始めた。わたしが相変わらず手間取っていると、審査員の一人の女性が立ち上がり、わたしのもとにやって来た。

「こんにちは。あなたの名前は？」

「セリーヌです」

「何歳なの？」

「今日で八歳になりました」

「あなた、コンクールの出場カテゴリーを間違えたんじゃないの？」

「いいえ、前に弾いた人たちと同じ課題曲を弾きます」

ちょっと驚いた表情を見せた彼女は、ピアノ椅子の調整を手伝ってくれた後、審査員席へ戻った。

集中するために少し時間を置いた後、課題曲を弾き始めた。

弾き終わるや否や、会場の人びとは立ち上がり、拍手喝采した。ブラボーと叫ぶ声が聞こえた。聴衆の驚きは収まらなかった。そのとき、わたしは微笑んでいた。聴衆の称賛はとてもうれしかった。わたしは父とベルトラン先生のもとへ駆けて行った。父は笑みを浮かべ、瞳を輝かせ、得意然としていた。わたしは、父のそうした表情をこれまで見たことがなかった。ベルトラン先生は親指を立てて、満足と喜びの気持ちを表わした。

わたしが最後の出場者だったので、結果はすぐに出た。

審査員団の発表は優勝者からだった。

「優勝はセリーヌ・ラファエル」

母は心の底からブラボーと叫び、父はわたしにキスをした。わたしは気が動転した。これほど大勢の人たちの前でピアノを弾き、称賛され、賞をもらうのは初めての経験だった。

ステージに上がって表彰状をもらった。そのとき、ピアノ椅子を調整してくれた審査員の女性がステージに現われ、優勝記念の万年筆をくれた。

優勝者の特典として、わたしは二週間後にハンブルクで自分のコンサートを開くことになった。このコンサート旅行には、スタインウェイのピアノ工場見学とワインの試飲会がセットされていた。コンクールの企画者たちは、八歳の子どもが優勝するとは思っていなかったのだろう……。


コンクールが終わり、その晩は父の誘いでレストランで食事した。素晴らしい夕べを過ごし、わたしたちはくつろいだ気分で家路についた。その夜はさすがにピアノの練習をしなくてもよかった。わたしはとてもうれしかった。早い時間にベッドに入り、ゆっくりと読書できるのだ。読書はわたしの最高の気晴らしであり、読書を通じてわたしは胸のわくわくするような冒険の主人公になれた。わたしはすでに、コンテス・ドゥ・セギュールとアガサ・クリスティの全作品、数冊のヴィクトル・ユーゴー、緑文庫〔若者向けの文学シリーズ〕をほぼ全巻、そして探偵小説などを読破していた。ピアノの練習時間、父が見張っていないときは、楽譜の前に本を置き、片手練習をしながら本を読んでいた。一方の手でピアノを弾き、もう一方の手で本のページをめくっていたのだ。夜、寝てもよいと許されると、わたしは物音を立てないように気をつけながら羽根布団の中で懐中電灯を使って読書した。また、トイレの中で本を読むこともあった。

その夜は隠れて読書しなくてもよかった。だが、翌日からピアノの練習を再開しなければならない。ハンブルクでのコンサートに備えなければならなかったのだ。

二週間後、わたしたちは昔住んでいたドイツへと向かった。コンサートは無事に終了した。自分だけのために来た聴衆で満員になった会場を見て、わたしは非常に誇らしい気分だった。聴衆の拍手喝采と称賛のまなざしを浴びたわたしは、陶酔感を味わった。この瞬間がもっと続いてくれたらと思った。

ところで、コンサートが終わった後のワインの試飲会はきわめて退屈だった。

7　密かな楽しみ

代わり映えのしない日々が過ぎていった。わたしは次第に衰弱した。ほんの少し元気なのは月曜日だけだった。ひと息つける月曜日以外は、週末のことで気が滅入った。わたしは常に怯えて暮らしていた。夕方、授業が終わってから家に帰るのが恐ろしかった。夜、ひどい目に遭うのではないかと怖かったのだ。とくに金曜日に帰宅するときは、週末に死ぬのではないかと怯えた。いっときも気が休まらなかった。月曜日が来ることだけを考えて過ごす日々だった。殴られても痛みがひどくなければ仕方がないと考えるようになっていた。辱められても自分の体裁が保てればかまわないと思うようになっていた。わたしは闘いに疲れ、諦めかけていたのである。

教育水準が高いとはいえない私立学校の授業がわたしにとって退屈なのは、両親も知っていた。よって、次の学期から公立学校に転校した。その学校も生徒の人数が足りないため、クラスには学年の違う生徒がいた。小学四年生〔中級科一年生〕のわたしは、小学四年と小学五年〔中級科二年〕の生徒を統合したクラスに入った。担任のロワゾー先生は、四十歳代の元ラガーマンだった。大男のロワゾー先生は少し縮れた栗色の髪をしていた。小さな眼鏡は、厳しい先生という印象を醸し出していた。ロワゾー先生をはじめとするこの学校の先生たちは、恐れられていたと同時に敬われていた。先生たちは古風な教育スタイルだったが、生徒には真剣に向き合った。普段は言うことを聞かない生徒も、ロワゾー先生が一瞥《いちべつ》するとおとなしくなった。最も騒々しい生徒でさえロワゾー先生を恐れていた。だがわたしは、ロワゾー先生が大好きだった。そしてロワゾー先生もわたしをかわいがってくれた。ロワゾー先生が近くにいると安心できた。ロワゾー先生はわたしの夢の中にときどき現われ、父からわたしを守ってくれ、わたしを助けてくれた。

ロワゾー先生は厳しかったが、生徒たちは大きく進歩した。わたしと友人のシャルレーヌは、教室の最前列に陣取った。わたしたちは優等生名簿のトップに名を連ねるために競い合った。テストで最高点を取ろうと頑張ったのだ。ロワゾー先生の「恐怖の書き取りテスト」は校内中に知れ渡っていた。この書き取りテストは、ロワゾー先生が教室の机の間を歩きながら文章を読むのだ。ロワゾー先生は生徒の書き取りの間違いを発見すると、間違えた生徒の耳のあたりの髪の毛を思いっきり引っ張るのである。生徒たちは、自分たちの答案に間違いがないことを祈りながら、歩きまわるロワゾー先生に答案用紙を見られないように机にへばりついて書く。書き取りが終わって答案用紙が集められると、生徒は一人ずつロワゾー先生の机に呼び出される。ロワゾー先生は一人ひとりに間違いを指摘し、大きな間違いをした生徒は、そのたびにビンタを喰らうのだ。幸いなことに、シャルレーヌとわたしは一度もビンタされたことがなかった。もし、わたしが大きな間違いをしたとしても、ロワゾー先生はわたしに同じルールを適用しただろうか。父は、自分が家の中でわたしを殴ることには躊躇しなかった一方で、家の外では、誰一人としてわたしに指一本触れさせないぞという空気を醸し出していた。

ロワゾー先生は厳しかったが、生徒全員の持ち味を引き出してくれた。生徒たちは自分たちの存在意義を感じたはずだ。わたしは心の奥底にあるものをロワゾー先生に打ち明けたかったが、決心できなかった。わたしはそれとなくロワゾー先生に知らせようとした。わたしは家に帰る時間を遅らせるために、授業が終わった後、午前も午後もできるかぎり教室に長居した。わたしはしばしば胃痛に悩まされていた。毎週金曜日の夕方四時半になると、ひきつけを起こした。だが、ロワゾー先生はわたしのことをわかってくれなかった。わたしは自分の秘密を独りで抱えたままだった。

ロワゾー先生はわたしを助けてくれなかった。そして、かかりつけ医のピエールも何もしてくれなかった。わたしは滅多に病気にならなかったので、ピエールと会う機会はあまりなかったが、彼の妻アニーはわが家によく遊びに来ていた。昼過ぎに母とお茶を飲みながら何時間もおしゃべりしていたのだ。わたしがピアノ漬けの日々であることはよく知っていた。というのは、母はいつもそのことで愚痴をこぼしていたからだ。アニーは、わたしが体罰を受けているとは思っていなかっただろうが、しばしば罰せられているのは知っていた。だが、アニーはわたしの味方になってくれなかった。

ピアノの練習をしなければならないときは、午後、学校に行かなかった。午後四時になると居間でおやつの時間になるのだが、居間ではアニーが母とよくおしゃべりしていた。アニーはしばしば、わたしにこんなことを言った。

「休憩はそのくらいにして早くピアノの練習をしなさい。さもないとお父さんが苛立つし、そうなればお母さんが困ってしまうわよ」

さらには、こうも言った。

「お母さんを苛立たせるためにプレイルームから抜け出してきたのなら、大成功ね」

わたしはアニーが嫌いだった。アニーは、わたしの唯一の味方である母がわたしに対して怒るように仕向けたのだ。

学校に行かせてもらえない午後や授業のない水曜日の午後、父は、母とわたしに明確な指示を出してから仕事に戻った。次のような会話が交わされたのである。

「セリーヌは、プレイルームに缶詰でピアノの練習をするからな」

「わかったわ。心配しないで。ちゃんと見張っておくわ」

「今夜、お父さんが戻るまでに課題曲が上達してなかったら、懲らしめてやるからな」

わたしは、茫然としながらプレイルームに戻って練習し始める。だが、わたしは聞き耳を立て、父が車のほうへ向かうのを窺う。父は靴に履きかえるために地下室に向かう。地下室のドアの開く音、地下室の階段を下りるスリッパの足音が聞こえる。そして地下室の扉を閉める音、小石を敷き詰めたアプローチを父が歩く音が聞こえる。正門の開く音が聞こえると、わたしはピアノを弾くのをやめ、窓辺に向かう。父が車に乗ったのかを確認するためだ。父が車のエンジンをかけるのを待つ。しばらくの間、父がこっそりと戻ってこないか、窓辺に身を潜めてじっと偵察する。それまでにも父は、出かけたと見せかけて家から少し離れたところに車を停め、ピアノの音が聴こえるかを確かめに家の前まで密かに戻ってきたことがあった。

数分後、押し殺していた息を胸から吐き出し、プレイルームを抜け出して居間にいる母のもとへ行く。妹マリーが学校から戻ってくるまでの間、わたしと母はテレビを観て過ごし、午後七時頃になると、最低限のピアノの練習をやっておくのだった。

水曜日の午後は、マリーは友達の家で遊んでいた。わたしの親友ベンジャマンは、ときどき内緒でわが家を訪ねてくれた。ベンジャマンは、わたしの事情を知らなかったが、父がわたしのピアノに一所懸命である一方で、わたしがピアノを大嫌いなのは承知していた。ベンジャマンには、わたしの家を訪問するための秘策があった。家の呼び鈴を鳴らす前に、家から少し離れたところにある公共の駐車場に行くのだ。そこからは、家の正門の前に停めてある父の車が観察できた。ベンジャマンは、父が車を出発させ、遠くに行ってしまってから家に現われるのだった。

家では、テーブルゲームをして遊んだり、ホラー映画を一緒に観たりした。金髪で小柄なベンジャマンは、内気な性格の持ち主に見えたが、とても面白い子だった。彼に勧められてホラー映画をともに観るようになり、わたしはさらなる悪夢にうなされた。「ザ・ヤング・アンド・ザ・レストレス」や「ダラス」など、皆がばかにするアメリカのテレビドラマについてユーモラスな批評を一緒に書いて遊んだ。ベンジャマンと一緒だと、わたしたちは偉大なコメディアンのようだった。冗談ばかり言ってえんえんとおしゃべりした。彼と一緒にいると幸せだった。自分が抱えている悩みをすべて忘れ去り、まともな精神状態に戻れたのだ。

ベンジャマンとはときどき外でも遊んだ。わたしが外出するとき、母は家の電話の受話器を外したままにしてくれた。万が一、父が家に電話しても、わたしが不在であるのを知られないようにするためだ。母はいつもわたしの共犯者になってくれたのである。父は、わたしがちゃんとピアノの練習をしているかどうかを確かめるために、午後、一回か二回は電話してきた。このように遊びまわる午後は、わたしは元気を取り戻し、同年代の子どもと同じように過ごした。ピアノの練習をさぼって遊ぶのは父に禁じられていると頭の隅では意識しながらも、わたしは思いっきり楽しんだ。

あのとき、親友と一緒に過ごしたのはかけがえのないひとときだった。わたしは、ベンジャマンのおかげで抵抗力を得ることができ、自己の魂を失わなくてすんだ。

ところがある日、わたしは羽目を外しすぎた。ベンジャマンと一緒にローラースケートをしていたときのことだ。道を横切ろうとすると、一台の車が停まってくれた。それはなんと父の車だったのだ……。わたしが高齢者だったなら、アドレナリンが急上昇し、心臓発作を起こして突然死していただろう。気が動転し、あまりの恐怖で凍りついた。

工場見学に来たお客さんをホテルまで送るところだった父は、車の窓を下げると、険《けん》のある目つきでわたしを見た。無言のまま、父の車は立ち去った。

午後七時頃に帰宅した父は、烈火のごとく怒り、母に怒鳴り散らした。夕食抜きになったわたしは、すぐに父とピアノの練習を始めた。その晩、わたしは間違えるたびに、拳骨で殴られ、スリッパで叩かれ、革のベルトで打たれた。父を欺《あざむ》いた代償を払ったのである。

8　おまじない

一人でピアノの練習をするときは、ほとんど集中できなかった。すぐに退屈してしまい、何か別のことをやりたくなった。母はピアノのことは何もわからなかったので、わたしは、練習中の曲のCDを大音量でかけておき、プレイルームのドアの前にピアノ椅子を置いて外から入ってこられないようにして読書した。ときどきCDを止めて、楽譜の上に本を置き、うまく弾けないフレーズをちょっとだけ片手練習するか、CDをかけておいて跳躍するコードや指づかいの難しい部分を少し練習しておいた。

午後、一人で四時間から五時間にわたってピアノに向かっているうち、真剣に練習したのはせいぜい一時間だ。いずれにせよ、何時間も練習したとしても、数分間しか練習していなくても同じで、父は決して満足せず、わたしをさんざん殴った。

毎晩、午後七時頃になると、わたしはプレイルームの窓から父の帰宅を窺い始めた。父の車が近づいてくるエンジン音が聞こえる。わたしは、父の車のエンジン音を聞き分けられたのだ。車は家の前で停まる。正門が開くと、小石を敷き詰めたアプローチに車が進入する音が聞こえる。車庫の扉が開き、そして閉じられる。わたしは息苦しくなる。この瞬間からわたしは強迫性障害に襲われる。わたしはピンポン玉など身のまわりにあるものを適当に手に取り、毎晩、おまじないをつくり出した。

たとえば、父が正門を閉めるまでに空中に投げたピンポン玉が床に十回バウンドするか、また父が車庫の扉に触れるまでにピンポン球を床に落とさずに二十回連続で左右の手でキャッチできるか、というおまじないだ。もし、こうしたおまじないでわたしが勝てば、その晩はなんとか乗りきれると自分を信じ込ませたのだ。

父が正門を閉めてから車庫に入るまでの間、呼吸を止めて片足で立ち続ける。もし、バランスを崩さなければ、その晩は早く寝かせてもらえる、あるいは夕食を食べさせてもらえる、というおまじないもつくった。

それらのおまじないを行なえば自分は助かるはずだと信じ、おまじないを実行したのである。周りにいる大人たちは誰もわたしを守ってくれないじゃないか。おまじないだけが自分を救う唯一の手段だったのだ。もちろん、それらのおまじないが効いたためしなど一度もなかった。そうはいっても子ども時代、わたしはずっとおまじないを信じていたのである。

わたしは家での父の行動を以前にもまして気にするようになった。地下室で靴を脱ぎ、スリッパを履き、階段を上ってくる。父が一階に仕事鞄を置くと、母と妹が父にキスをしにやって来る。父が昼食後に家を出るときに怒っていなかった場合は、わたしもときどき父にキスをした。そうでないときは、プレイルームで縮こまり、おまじないが効いてくれるように祈った。

父は夕食の席に着く前に、二階に上ってパジャマに着替えた。父の気分次第で、皆と一緒に食事ができるかどうかが決まった。一人で食べるときは五分きっかりで食事を済ませ、わたしと父は夜遅くまでピアノの練習をした。練習中、しばしば殴られ、声を立てずに泣いた。ミスタッチ、そして表現や指づかいの間違いをするたびに、同じ判決が下った。すなわち、立ってズボンを下ろせ、両手を事務机に載せて目をつむり前傾姿勢になれ、である。

父にとってのおまじないは、わたしを革のベルトで打つことだったのである。

9 地獄の週末

小学六年生〔中等教育第六学年〕のクラスに入った。ベンジャマンら小学五年〔初等教育中級科二年生〕の友達も同じ教室にいたものの、わたしは辛い思いをした。一年飛び級のクラスに入った最年少のわたしには、「工場長の娘」というレッテルが貼られた。初日からわたしは、中学一年〔中等教育第五学年〕、中学二年〔第四学年〕、中学三年〔第三学年〕の生徒たちにいじめられた。

学校の教室、食堂、廊下などでよく罵られた。エアガンで撃たれたこともあった。中学三年のある生徒は、わたしに近づいてきたかと思うと、いきなりわたしの顎《あご》を殴った。彼がなぜそのようなことをしたのかは、そのときはわからなかったが、後になって彼の父親が工場で嫌な思いをしていたことを知った。

学校でのそれらの出来事は不愉快きわまりなかったが、地獄と化した家での状態にくらべればましだった。

一月上旬、ベルトラン先生は、八月にドイツで行なわれる国際ピアノコンクール〔第四回エトリンゲン国際青少年ピアノコンクール〕に出場してはどうかと父に打診した。それは世界的に有名なコンクールだった。このコンクールで優勝すれば、ピアニストとしてのキャリアが約束される。優勝者は、賞金以外にもベルリンとミュンヘンでオーケストラと共演できる機会に恵まれる。それはプロのピアニストになるためのきわめて重要なコンクールだった。

参加希望者は自分の演奏を録音したテープをドイツに送ることになっていた。この予選を通過したのは、世界各国からの四十六人のピアニストたちだった。

予選のために、わたしは三曲を準備した。ショパンの「練習曲ハ短調作品十－十二〔革命のエチュード〕」、ショパンの「変ニ長調作品六十四－一〔子犬のワルツ〕」、プーランクの「トッカータ」である。テープを送ってから数週間後、予選の結果が発表された。予選を通過した四十六人のうち、フランス人はわたしだけで、ほとんどが中国人、日本人、韓国人、ロシア人だった。

この時点から、最初のコンクールのときと同様、父はわたしに強烈なプレッシャーをかけ続けた。家の中はふたたび地獄と化したのである。学校は休みがちになったが、数学と物理の授業があるときは、学校に行かせてもらえた。父は、数学と物理以外の授業は無駄だと考えていたのだ。

体育の授業にはほとんど出席しなかった。父は、体育などお遊びだとみなしていたのだ。プールの授業も出席できなかった。水着姿になると、皆に内出血の跡を見られてしまうからだ。わたしはそれらの授業を欠席して、自宅でコンクールのための練習をした。

体育のエヴァン先生は、わたしの度重なる欠席に怒った。エヴァン先生は、わたしが欠席する理由を訊ねることもなく、ただ怒りをぶちまけた。ある朝、エヴァン先生と廊下ですれ違うと、エヴァン先生はわたしに詰め寄り、蔑むような目つきでこう言った。

「自分は工場長の娘だから、僕の授業に出なくてもかまわないと思っているんだろ」

エヴァン先生は、父の社会的地位を面白く思っていなかったのかもしれない。それでも、何か問題を抱えているのかとわたしに質問することはできたはずだ。そうすればわたしに救いの手を差し伸べることもできただろう。周りの大人たちと同様に、エヴァン先生も何もしてくれなかった。

わたしにとって、週末という言葉は苦悶を意味した。コンクールが近づくにつれて父の神経はますます高ぶったため、わたしの苦悶は強まった。

わたしは、月曜の朝まで生きながらえているだろうか。わたしの無断欠席を気に留めてくれる人はいるだろうか。月曜日にわたしが学校に現われなければ、救急隊員たちがわたしを捜しに来てくれるだろうか。毎週金曜日、その日最後の授業の終わりを告げるチャイムが鳴る午後四時半近くなると、そのような問いが次々と頭に浮かんだ。これから四十八時間、父から逃れられなくなると思うと、わたしは恐怖のどん底に陥った。

わたしはロワゾー先生に試したように、周りの先生たちに助けを求めた。できるかぎりゆっくりと帰宅の準備をしてみた。もじもじしながら授業に関する質問を繰り返した。誰かに声をかけてほしかったのだ。

「セリーヌ、どうしたの、家に帰りたくないことでもあるの？」

苦悶に満ちた時期、わたしはこの言葉を聞きたくてたまらなかったのだが、ついに一度も聞くことができなかった。

この小学六年の別のクラスには、サブリーナという女の子がいた。彼女は先生たちにとてもかわいがられていた。サブリーナが過去に非常に辛い思いをしたことは、学校中に知れ渡っていた。五人姉妹全員が近親姦の被害者だったのだ。それは一番下の子が母親に訴えるまで続いたという。母親はすぐに父親を告訴し、離婚を申し出た。サブリーナの父親は、警察に逮捕される前に妻を銃殺しようとしたため、収監された。

学校の先生たちは大いに同情し、サブリーナをなんとか励まそうとしていた。わたしはサブリーナの辛い過去を、彼女が入学してすぐにベンジャマンから聞いた。彼女の辛い過去を知った後で、わたしは自分の生活に不満を述べることなどできただろうか。彼女の家庭環境にくらべれば、わたしは恵まれていた。自分の悩みを打ち明けても先生は鼻で笑って、次のように答えただろう。

「サブリーナが文句を言うのならわかるよ。でも、君のお父さんは社会的に立派な人なんだし、君は素敵な家で家族と一緒に暮らしているじゃないか。自分のことを幸せだと思わなきゃいけないよ」
だからわたしは押し黙ったのだ。

金曜日の夜、父が帰宅する前に、母とわたしは家の中を片付けた。母は家じゅうのハサミを隠し、わたしはマリーの衣装ケースに自分の服や下着などの着替えを隠した。というのは、父はマリーの部屋までは捜さなかったからだ。わたしは、父が見つけると壊してしまいそうなＣＤ、本、宝物なども、自分の部屋から持ち出した。枕の中に懐中電灯を入れたか、そして靴下の中に一枚の五十フラン紙幣〔およそ千円〕と二本のヘアピンを隠したかを確認した。いざというときに、五十フランがあれば乗り物に乗ったり食料を買ったりできる。ヘアピンは、部屋に閉じ込められたとき、ドアの鍵を開けるために必要だった。ヘアピンを使ってドアの鍵を開けるアイデアは、テレビで「冒険野郎マクガイバー」〔米国の人気アクション・テレビドラマ〕を観ていたときに思いついた。マクガイバーは小さなわたしの英雄だった。テレビを観ていたとき、マクガイバーの生き延びるためのアドバイスはすべて記憶しておこうと思った。あるエピソードでは、マクガイバーはクリップを使ってドアを開けた。わたしはよく部屋に閉じ込められたので、ヘアピンを使って鍵のかかったドアを開けるコツを習得しておいた。午後、父はわたしを部屋に閉じ込めてから、母とマリーを連れて数時間外出することがあった。そんなとき、わたしはマクガイバーのおかげでほんの少しの自由時間を手に入れた。緊急事態に備えて少額のお金を用意しておいたほうがよいというアイデアも、マクガイバーから学んだ。

父が暴れても、わたしは備えができていた。


父はベルトの鞭打ち以外にも、わたしがピアノで間違えると、わたしの肩、腕、太腿《ふともも》を底の硬いスリッパで殴った。週末は次第に体罰の嵐と化した。わたしはプレイルームに閉じ込められた。ピアノの練習がたるんでいると父が判断すると、トイレにさえ行かせてもらえなかった。

父は吐き捨てるように言った。

「お前のようなやつは、床で糞をたれていろ」

父が苛立つと、わたしは昼食も夕食も家族と一緒にとらせてはもらえず、パンと水だけだった。

——まるで囚人のようだった……。

コンクールが近づくと、わたしは地下室か自分の部屋に閉じ込められた。小さな地下室には缶詰がストックしてあり、床は小石が敷き詰めてあった。照明のない地下室では、外から差し込む光だけが頼りだった。わたしは、寒くて薄暗いこの地下室で何時間も過ごした。恐怖に怯え、部屋の片隅で冷たい壁を背にして身を丸め、不気味な音がするのではないかと恐れ、両手で耳を塞いだ。そんなときわたしは、恐ろしい現実から逃れるために、自分が主人公の物語を自身に語って聴かせようと集中した。すると次第に現実の世界から離れられた。苦痛も恐怖もなく、時間は早く過ぎ去るのだった。

それでも自分の部屋に閉じ込められるほうが快適だった。自分の部屋では、地下室ほどの恐怖は感じなかった。

ドアの鍵をかける前に、父は部屋の雨戸を閉め（父の許可なく開けてはいけない）、暗くするために部屋の電球を外し、わたしが金曜日の夕方に隠し忘れた本やCDなどの気晴らしとなる小物をこまめに没収した。タンスも開け、下着を含むすべての服を黒のビニールごみ袋に押し込んだ。父はわたしの服を何週間も没収したのだ。よって、わたしの囚人服は緑の古いジャージだけであり、しかもそれはサイズが小さすぎた。そのような姿で学校に行かされたわたしは、またしても笑い者にされた。

「工場長の娘は、なんてだらしない恰好で学校に来るんだろう」

「工場長の娘は浮浪者だな」

「裾が短すぎて、くるぶしが丸見えじゃないか。お前は、自分のサイズにあったジャージも買ってもらえないのか」

「あんなみっともない恰好をしていても、工場長の娘なんだぜ」

クラスメイトたちは、工場長の娘は王女様のように暮らしていると思っていたらしく、わたしの惨めな姿を見て喜んだ。自分のサイズに合ったブランドものの服を身に着けているかれらは、優越感を覚えたのだろう。

部屋に閉じ込められたとき、わたしはドアの下に妹マリー宛てのメモ書きを忍ばせた。定期的にメモを回収しに来てくれるマリーは、母にわたしのメッセージを渡してくれた。

「ママに、こっちに来てって言って」

「ママに、ほんの少しパンをちょうだいって伝えて」

「お菓子を持ってきてくれない？」

閉じ込められると、取り乱してしまった。自分は見捨てられた独りぼっちの存在だと感じ、叫び声をあげてしまうのだ。今日でも、時間や空間に制約があるような状況に置かれると、わたしはなんともいえない息苦しさを覚える。たとえば、社会人になって初めの頃、果てしなく続く会議に出席するのはとても苦痛だった。

妹と母とのメッセージのやりとりは、わたしの唯一のコミュニケーション手段であり、わたしはそうしたやりとりから安心感を得た。それはわたしに残された外部との唯一の繋がりだった。マリーのちょっとした心遣いがわたしをどれほど救ってくれたことか。彼女はそれを意識していなかったと思う。マリーはまだ幼かったのに、部屋に閉じ込められた姉がドアの下に忍ばせる小さなメモ書きを、定期的に回収しに来てくれたのだ。マリーはいつもわたしの指示に従ってくれた。わたしは彼女のおかげでなんとか正気を保てたのだ。

わたしが昼食を抜きにされたとき、母とマリーは、食料をわたしの衣装ケースに忍ばせておいてくれた。ピザの切れ端、ひと切れのパン、ビスケットなどをナプキンに包んでセーターの下に隠し、その上に衣服を積んでおいてくれたのだ。深夜になってようやく寝かせてもらえるとき、母とマリーが隠しておいてくれたそれらの食料を見つけると少しほっとした。

夏休みが始まるとすぐに、わたしは朝から晩までピアノの前で過ごすようになった。父はなんと長期休暇を取ったのだ。父とのピアノの練習は、毎朝八時半からスタートし、早く終わっても夜の十一時、遅いときは深夜の一時、二時まで続いた。

コンクール二週間前の土曜日の朝、父は特別な理由もないのにひどく苛立っていた。朝食を数分で済ませ、わたしと父はピアノの練習を始めた。父をこれ以上苛立たせないために、プーランクの「トッカータ」をできるかぎり丁寧に弾き始めた。父は曲の途中で突然、無言で立ち上がると、どこかに行ってしまった。体じゅうにアドレナリンが駆けめぐり、掌《てのひら》からは汗がにじみ出た。パニックに襲われたのである。わたしは、無言で立ち去るといういつもと違う父の行動に、いったい何が起きるのだろうかと怯えた。

父はすぐに戻ってくると、大きな画用紙を差し出し、「三角形を書いてごらん。そして三角形の内部に横棒を引くんだ」と、妙に優しい声で言った。三角形の底辺から横棒を引いていくと、横棒は次第に短くなり、最後はその頂点に近づく。さらに父は、その三角形の上に「鼻をつんざく辛子の早見表」と書けと命じた。わたしには父が何をしようとしているのか、さっぱりわからなかった。わたしは狼狽したが、いずれにせよわたしを懲らしめるためのものなのだろう。とにかくこの作業の間、わたしはピアノを弾かずにすんだ。

図を書き終えると、父は安全ピンを捜しに行った。今度は、その安全ピンに紙を張りつけ、旗をつくるようにと命じた。図と旗が出来上がると、父はそれを壁に貼りつけ、ふたたびピアノ椅子の隣に腰を下ろし、ピアノの練習を再開しろと合図した。わたしはふたたびピアノを弾き始めた。

わたしが間違えると、父は三角形の底辺にあった旗を外し、一段階上の横棒に旗を移動させた。間違えるたびに、旗は三角形の頂点へと近づいていく。それはシニカルな父が考えた「三回間違えたら鞭打ちの刑」の変形だったのだ。旗が三角形の頂点に達すると、父は処罰という儀式を有無も言わさず挙行できるのだった。わたしはただ立ち上がり、両手を事務机の上に置き、ズボンを下げ、現実以外のことを考えるだけだった。

この日は、自分では気づかなかった間違いにさえも、革のベルトで打たれただけでなく、殴られたり蹴られたりした。父はピアノを弾かないが、わたしにとって不幸なことに、恐ろしく鋭い聴力の持ち主だった。子ども時代にアコーディオンをよく弾いていた父は、クラシック音楽の大ファンだった。父は、わたしのピアノ教師兼拷問人になる過程でピアノを学んだのだ。父が殴ったり蹴ったりするたびに、わたしはピアノ椅子から転げ落ちた。

昼食も夕食もとらせてもらえなかった。真夜中近くになると、父は、ピアノの練習を止めて食事をしろと言った。食堂のテーブルには、まだわたしの皿が置いてあった。母がわたしのためを思って用意しておいてくれたのだ。皿の隣には、ヨーグルト、小皿に入ったサラダ、水の入ったコップ、パンがあった。フライパンにはオムレツも少し残っていた。自分の席に座り、一人静かに食事できると思ったのだが、父は近づいてくると、わたしを睨みつけて言った。

「お前の弾くピアノは、どうしようもなくぐちゃぐちゃだ。だからお前はぐちゃぐちゃのものを食べればいいんだ」

わたしが言い返す暇もなく、父はフライパンにあった冷たくなったオムレツをわたしの皿に載せたかと思うと、そこに粉々に砕いたパン、ヨーグルト、サラダを加え、コップの水を注いでそれらを混ぜ合わせた。まるで吐瀉物《としゃぶつ》のようだった。

「これをきれいに食べ終えるまで、席を離れるな」

涙がこみ上げ、吐き気を催した。そんな仕打ちを受けるくらいなら革のベルトで打たれるほうがましだと思った。

わたしはすすり泣きながら、「犬よりもひどい扱いだわ」と声を振り絞った。

「お前は犬以下の存在だ」

この強烈な言葉は、骨の髄までしみ込んだ。だが、そのときのわたしに思い悩む時間的余裕はなかった。なんとかしてこのぐちゃぐちゃを食べない手段を見つけなければならなかったのだ……。まだ原型をとどめていたサラダから食べ始めた。フォークでサラダをすくい、サラダの水分を切ってから慎重に皿の隅に寄せた。目をつむりながらサラダを一枚一枚ゆっくりと口に運んだ。父は、わたしが食べる様子をずっと監視していた。次にパンに移った。サラダと同じように、少しずつゆっくりと食べた。そのとき、チャンスが訪れた。父がトイレに行ったのだ。急いでわたしは、このぐちゃぐちゃを掌《てのひら》で思いっきり握りしめて水分を切ってから、父に見つからないことを祈りながら自分のポケットにできるかぎりしまい込んだ。

父がトイレから戻り、わたしはポケットにしまいきれなかったぐちゃぐちゃを食べなければならなかったが、幸いなことに、もう寝ろと言われ、解放された。


週末はいつも地獄だったが、日曜日は、土曜日とひとつだけ違うことがあった。日曜日の午後、わたしたち家族は、三時間から四時間のウォーキングに出かけることになっていたのだ。この時間だけがわたしの救いだった。父は自然の中を歩くのが好きだった。ピアノ以外には興味を示さず、読書、スポーツ、おしゃべりなどにはまったく関心がなかったが、庭仕事とウォーキングだけは好きだった。父の唯一の願いは退職後に農業を行なうことであり、日がな一日、苗を植え、耕し、収穫することだった……。

わたしにとって、日曜日の午後の散歩は地獄からの解放だった。ほとんど競歩のように歩かされるので疲れ果てるのだが、それでもこの時間は救われた気分だった。十歳のわたしと八歳のマリーは、ノンストップの早歩きを強いられた。自分の足が思うように前に進まないこともあったが、それでも散歩道を歩いていると救われた気分になった。ピアノの前にいるよりはずっとましだった。このまま道に迷ってしまえばいいのに、雷がわたしに落ちればいいのに、足首を挫《くじ》いてしまえばいいのに、毒蛇がわたしを噛めばいいのに、などと夢想しながら歩いていた。

わたしとは反対に、マリーにとってこの散歩はたいへんな苦痛だった。幼いときの発育不良と左半身不随の後遺症の影響から、マリーの左足のアキレス腱は正常よりも短く、歩くとすぐにこわばってしまうのだ。よって、マリーは左足を踵《かかと》から着地できず、つま先で歩いていた。長い距離を歩くとアキレス腱を痛めてしまうマリーにとって、日曜日の散歩は苦痛だった。アキレス腱だけでなく、ふくらはぎもつった状態になってしまい、足を前に踏み出す動作でさえ痛みが走るのだ。マリーが苦しんでいるのに、マリーのぎこちない歩き方を許せない父は、歩き方を矯正しようとむきになった。父にとっては、マリーが正常に歩行できないのは、本人の意志の問題でしかなかったのである。日曜日の散歩はわたしにとって解放のひとときだったが、散歩中の父の注意はマリーに注がれた。マリーの背後を歩く父は、マリーが踵から着地するのを怠るたびに、杖でマリーのお尻をひっぱたいた。こうして数時間にわたり、父は「踵、つま先」と号令をかけながらマリーを杖で連打したのだ。わたしがピアノを忌み嫌ったように、マリーにとって日曜日の散歩は恐怖だった。散歩に出かけるのを厭《いと》うマリーは、運動靴を履くのを嫌がったり、散歩用の服を着るのを拒否したり、さかんに駄々をこね、父を苛立たせた。そんなときわたしは、父がマリーを叩いて黙らせればいいのにと思った。わたしは、マリーが散歩に行きたがらないので今日は中止して家で過ごそうと父が言いだすのではないかと恐れた。わたしはマリーに対して無性に腹が立った。わたしの怒りを感じた母はマリーを叱った。

「マリー、わがままもいい加減にしなさい。運動靴を履きなさい。出発するわよ」

マリーは、この外出がわたしにとってどれほどの救いになっていたのか、わかっていなかった。わたしは妹を自分勝手だと非難してしまった。だが、わたしこそ、妹がどれほど大きな犠牲を払ってきたのかをわかっていなかったのだ。

マリーは最後にはいつも運動靴を履き、散歩に出かけた。そうしなければ、わたしがどんな目に遭うのかを知っていたのだ。マリーが父に殴られることはなかったが、妹はわたしとは異なる恒常的な不安のなかで暮らしていた。マリーもちょっとした物音に敏感になった。プレイルームから漏れるピアノの音が止まると、マリーと母は、テレビの音を消してプレイルームで何が起きているのかと耳を澄ませた。わたしが泣いているのではないか、父がわたしを叩いているのではないかと、不安だったのだ。

夜、マリーはなかなか寝つけなかった。というのは、ピアノの音が気になっただけでなく、プレイルームの様子を窺っていたからだ。わたしは、自由なマリーを羨ましく思っていたが、彼女も苦しんでいることは内心ではわかっていた。マリーは、恐怖と常に背中合わせの家庭で暮らすことに苦しんでいたが、何にもましてわたしのために苦しんでいたのである。

10　初の国際コンクール

コンクールの二日前、わたしたちは荷物をまとめ、高速道路に乗って一路東へと向かった。ベルトラン先生は、ドイツとの国境からそれほど遠くないアルザス地方にある小さなホテルを予約しておいてくれた。そのホテルからエトリンゲンまでは、車で三十分もかからなかった。ホテルに荷物を置いたわれわれは、諸手続きと下見を兼ねてコンクール会場を訪れた。

主催者は、コンクールの参加者が街の音楽学校でピアノを自由に練習できるように取り計らってくれた。わたしたちは翌日から最後の仕上げを行なった。コンクールの参加者たちは、おもに東ヨーロッパ諸国、中国、日本から来ていた。参加者たちの演奏を聴くのはとても興味深かった。参加者たちの演奏レベルがきわめて高いのは明白だった。その日の午後のことだ。ベルトラン先生と父は、わたしを少し休憩させることで意見が一致した。そこでわたしは音楽学校の廊下をあてもなく歩いていると、半開きのドアが目にとまった。そのドアに近づいて中を覗き込むと、二十歳くらいの日本人ピアニストが反復練習をしていた。わたしは彼の器用な指さばきと繊細なタッチに魅了された。リストの「森のざわめき」という難解な曲を弾いていた彼がこちらを振り向いたとき、わたしは彼が全盲だとわかった。目が見えないのに、どうしてこれほど鮮やかにピアノが弾けるのだろうかと驚愕した。

コンクール当日、父は驚くほど穏やかで優しかった。最初のコンクールのときと同様に、父はわたしをできるだけ安心させようとした。わたしは課題曲の仕上げを寡黙に淡々と行なった。練習中、父が口を挟むことはなかった。わたしは極度に緊張した。参加者たちはわたしよりもずっと上手だった。このコンクールに参加したのは失敗だったのではないかと後悔した。前回のコンクールと同様、わたしは最年少の参加者だった。わたしと同じ年齢の参加者は、おもちゃのミニカーで遊んでいたロシア人の男の子だけだった。

父は控室でわたしを励ますと、聴衆たちのいるコンクール会場へと立ち去った。コンクール会場は、街のお城の豪華な応接室だった。小さな舞台には、黒のスタインウェイのグランドピアノが置いてあった。審査員団は一般聴衆の背後に陣取っていた。コンクールの参加者は、用意してきた自分の曲を二十五分以内で演奏することになっていた。控室からも審査員長が鳴らす鈴の音がときどき聞こえた。鈴が鳴ると、曲の途中でも参加者は演奏を止めなければならないのだ。審査員団は、二十五分を超過すると容赦なく演奏を止めさせた。

自分の番になったが、寒さで手が恐ろしくかじかんでいた。両手をしばらく太腿《ふともも》の間に挟んで温め、演奏を開始した。わたしの演奏プログラムは、ショパンの「練習曲作品十－十二〔革命のエチュード〕」、「ノクターン第三番作品九－三」、「幻想即興曲作品六十六」、ベートーベンの「ピアノソナタ第十番作品十四－二」、プーランクの「トッカータ」だった。

演奏が終わると、聴衆は拍手してくれた。ミスタッチもなく、暗譜が飛ぶこともなく、自分でもうまく弾けたと思った。舞台を降りたわたしは会場にいた母の隣の席に戻り、残りの参加者たちの演奏を聴いた。父そしてベルトラン先生もわたしの演奏に満足した様子だった。

わたしの次に演奏したのは、わたしより二歳弱年上の中国人の小さな男の子だった。彼は舞台に上がるや緊張した素振りなどまったく見せず、プロのピアニストがやるように聴衆に仰々しくお辞儀した。その姿に会場から笑いが漏れた。その男の子は、ピアノ椅子の高さを調整することもなく、座るや否やリストの「タランテラ」を猛烈な勢いで弾き始めた。会場にいた全員はあっけにとられた。難曲ばかりを見事に弾きこなし、最後はリストの「ハンガリー狂詩曲」で締めくくった。会場全体が感動に包まれた。お調子者の彼は、ピアノ椅子から立ち上がると聴衆に深々と挨拶し、今度はアンコール曲を弾こうとした。会場からはまたしても笑いが漏れ、鈴の音が鳴り響いた。

この子こそ、現在、現役では最高峰の一人と称される天才ピアニストのラン・ランである。

コンクールの参加者全員が演奏を終えた。自分が入賞する可能性はないと思った。それでもコンクールに参加している間、父はわたしに優しく接してくれたので、気持ちが休まったのは幸いだった。ほんのわずかな期間、わたしは理想の父を持ったのだ。

コンクールの結果が発表されるまでには、かなり時間があった。この時間を利用して家族で街を観光し、レストランで食事をし、アイスクリームを食べた。結果が発表されるのが怖かった。自分ががっかりするからだろうか。それとも父を落胆させてしまうからだろうか。おそらくその両方の理由からだったと思う。

審査員団は第五位から発表した。第五位はミニカーで遊んでいた十一歳のロシア人の男の子だった。彼と彼の母親とは、音楽学校の廊下で何度かすれ違ったことがあった。

第四位は十五歳の中国人だった。彼の演奏は聴いたことがなかった。

自分が入賞するなら第五位か第四位しかないと思っていただけに、がっかりした。

上位三位の発表などは聞きたくもなかった。わたしは父の表情から落胆ぶりを探ろうとしていた。すると突然、父はわたしを抱きしめ、わたしにキスをした。会場全員の視線がわたしに集中し、拍手が起きた。わたしは第三位になったのだ。審査員団の発表に気づかなかったのである。

母は感涙し、ベルトラン先生は満面の笑みだった。父の誇りに満ちた表情を見たのは、後にも先にもあのときだけだったと思う。

審査員団だけでなく聴衆も含め、満場一致の第一位は当然ながらラン・ランだった。わたしは彼の優勝をうれしく思った。というのは、彼が背水の陣でこのコンクールに臨んでいたのを知っていたからだ。その日の午後、わたしの母は、彼の母親そして彼のピアノの先生と通訳を通じて会話した。ラン・ランの両親は、ヨーロッパで行なわれるこのコンクールの旅費を捻出するために、家や家財道具などの全財産を売り払ったという。もし、ラン・ランがこのコンクールで優勝できなければ、ラン・ランの家族は一文無しになり、中国へ戻るお金さえなかったそうだ。

十二歳のラン・ランは、北京の音楽学校の狭い部屋に閉じこもり、囚人のように一日十二時間、ピアノの練習をしていた。練習は、ラン・ランの父親が付きっきりだった。彼の父親〔胡弓奏者〕は、自分の息子がピアニストとして大成するのを夢見ていた。父親は、自分が若かった頃の夢を、息子を通して叶えたかったのだ。自分が音楽家として大成する夢は、中国の文化大革命によって打ち砕かれた〔中国では一九六六年から一九七六年にかけて音楽家も弾圧された〕。ラン・ランは、国際的に有名なピアニストになるしかなかった。外国に出かけられ、自由に暮らすには、ピアノ界のスターになる道しかなかったのだ。賞金以外にもラン・ランには、エトリンゲンのオーケストラとの共演、そしてドイツでの二回のリサイタルが約束された。ラン・ランはこのコンクールでの優勝をきっかけに世界的ピアニストへの道を歩み始めたのである。

わたしは第三位になり、そして優勝しなくてうれしかった。ピアニストになりたくなかったのだ。学校に行きたかったし、医師になって癌《がん》の研究者になりたかったのである。医師になりたいという夢は、その数か月前の出来事の影響だと思う。両親は、工場で父と一緒に働いていた技術者の夫婦をわが家の夕食に招待した。その技術者は、癌が肺に転移していると医師から告げられたばかりだった。余命いくばくもなかったのだ。彼が末期癌だと知らなかった両親は、技術者夫婦をわが家の夕食に招待した。痩せこけた彼が妻に寄りかかり玄関に向かって辛そうに歩いていたその晩の姿を、わたしは生涯忘れないだろう。彼は悲嘆に暮れていた。その数日後に彼は亡くなった。

彼と視線を交わしたとき、わたしは父がわたしのために選んだのとは違う将来を目指そうと思った。

11　オルゴール

エトリンゲンの国際コンクールで第三位になっても、状況はよくなるどころかさらに悪化した。あのときから父は、わたしにはピアノの才能があり、これを自分の手で開花させようと確信したのだ。自分の娘を国際的に活躍するピアニストに育てるという目標を明確に定めたのである。ピアノの練習は以前よりも過酷になった。父が付きっきりで行なう毎晩の練習時間はさらに長くなり、体罰も相変わらずだった。午前一時頃になると、父は二階の寝室に行く前に、次のように凄むのだ。

「お前はまだピアノの練習を続けろ。寝室からもピアノの音は聴こえる。さぼったら承知しないぞ」

その頃になるとわたしはすでに疲れ果てていたが、それでもピアノを弾こうと努力した。体に力がまったく入らない状態になると、片手練習に切り替え、空いている手で自分の頭を支えた。ピアノを少しずつ弱く弾き、しばらく手を休めて様子を窺う。二階から物音が聞こえてこなければ、それは父が寝入った証拠であり、その日の練習は終了だ。プレイルームに置いてある小さなソファーで横になり、数時間眠ろうと努力した。

エトリンゲンの国際コンクール以降、夜通しのピアノの練習は常態化した。中学一年生〔中等教育第五学年〕になると、休む暇もなくピアノの練習を強いられた。

新学期に入り、わたしの担任は男性のグースカン先生になった。先生の担当教科は英語だったが、その学期は映画の制作方法を教えてくれた。グースカン先生はちょっと奇抜だが、とても親切な人だった。グースカン先生はベンジャマンの家族の友人であり、わたしはいつもベンジャマンと一緒だったこともあって、先生はわたしのこともかわいがってくれた。

グースカン先生は、映画のシナリオの作成、撮影、編集などの基礎知識を教えた後に、クラスの皆に、「三本の短編映画を制作しよう」と提案した。これらの映画を両親たちの前で上映するだけでなく、ヴィルールバンヌ短編映画祭〔ヴィルールバンヌはリヨン近隣の自治体〕に出品しようというのだ。五人一組のグループは、シナリオの優劣を競い、上位三組のグループのシナリオを映画化するという構想だった。

わたしの参加したグループのシナリオが本当に素晴らしかったのか、あるいは依怙《えこ》贔屓だったのかはわからないが、ベンジャマン、シャルレーヌ、ガブリエル、オリヴィエ、そしてわたしのグループのシナリオが第一位に選ばれた。

わたしたちのシナリオ（ベンジャマンがおもに考えた）は、カジモド〔ヴィクトル・ユーゴーの小説『ノートルダム・ド・パリ』に登場する人物〕のように、森の中で世捨て人のように暮らす、両親に虐待される猫背の少女の物語だった。地下室で囚人のように暮らす少女は、両親が暮らす小さな家の家事をするときか、日曜日の朝のミサが終わった後に教会の前で物乞いをするときにしか外に出してもらえない。普段、少女が太陽光を浴びるのは、パンの切れ端を投げ込むために地下室の扉が開かれるときだけだった。ある晩、継母が地下室の扉の鍵を閉め忘れた。迷ったあげくに地下室から抜け出した少女は、睡眠中の両親を包丁で刺し殺すと裸足で外に逃げ出した。すると外は一面の雪だった……。

このシナリオでは、両親役はベンジャマンとシャルレーヌで、少女役はわたしだった……。両親には、新学期から行なわれる映画制作の授業については内緒にしておき、この時間は英語と数学の授業だと伝えておいた。授業が午後の場合は欠席しなければならないときもあったが、そう伝えておいたおかげで、わたしはこの短編映画制作の授業のほとんどに出席できた。

映画をつくるのは面白かった。撮影は村だけでなく、雪が積もった極寒の森の中でも行なわれた。撮影時期は十二月中旬だった。撮影が終わると、わたしたちは中学校で編集作業に取り組んだ。グースカン先生は、必要な機材の揃ったビデオルームを自由に使わせてくれた。わたしたちのような初心者がつくった映画にしては、素晴らしい出来栄えだった。この映画はわたしの家での暮らしを暗喩しているのであって、ベンジャマンが何の理由もなくそのようなシナリオを書くとは思えなかった。ベンジャマンは、わたしがピアノの練習ばかりやらされて、それが嫌でたまらないことを知っていた。このシナリオを通じてベンジャマンは、わたし以上にわたしの物語について理解していることを、わたしに知らせようとしたかったのかもしれない。ベンジャマンは、わたしを守るために何か発言したくてもひと言も発せなかった。というのは、彼のお父さんはわたしの父と同じ工場で働いていたからだ。ベンジャマンは、そうした告発をすれば自分の父親に迷惑がかかると恐れたのだろう。わたしの暮らしぶりを変えてあげたいと願ったベンジャマンは、この映画をきっかけに、周囲がわたしの境遇に関心をもつようになればと考えたのではないか。

夜に行なわれたこの映画の上映会には、このような催しにはまったく興味のないわたしの父を除いて、ほとんどの保護者が参加した。観客の反応から判断すると、わたしたちの作品は高く評価されたようだった。当時、映画の勉強をする夢をもち、最も熱心に取り組んでいたベンジャマンはとても満足げだった。

その翌日、朝起きると体が熱っぽかった。母に体調がすぐれないと打ち明ければ、学校を休むようにと言われるのはわかっていたので、母には何も告げずに登校した。

午後になると、熱は高くなり、体の節々《ふしぶし》がひどく痛んだ。インフルエンザの症状なのは明らかだった。立っていられないくらいひどくなった。中学校の先生は、母に学校まで迎えに来るように連絡を取った。四十・四度の高熱だった。体調は最悪だったが、今夜のピアノの練習は免除されるだろうと思うと、うれしかった。寝袋に包まれ、ソファーの上で横になり、母に優しく介護してもらうことになった。

夕方になり、帰宅する父の車の音が聞こえたとき、ほんの少し不安がよぎった。ソファーで横になっているわたしの姿を見て、そしてピアノの練習をまったくやっていなかったことについて、父は何か言うのではないかと恐れたのだ。

父は廊下に鞄を置くとき、わたしが居間にいるのを目にすると、険しい表情になった。

「この時間に、お前は居間で何をしているのだ」

母は言った。

「あなた、セリーヌはかわいそうなことに、インフルエンザに罹ったの。かなりの高熱なのよ」

「それがどうした。熱があったってピアノの練習はできる。早く起きろ。さっさと練習するんだ」

ピアノの前のわたしは全身が猛烈にだるく、妥協を許さない父の横で意識が朦朧《もうろう》となりながら指を動かした。

ほとんど眠れずに朝を迎えた。熱はほんの少し下がった。まだ体はだるかったが、練習しなければならなかった。

午前中、できるかぎりうまく弾こうと努めたが、集中することなどできなかった。指が動かないのだ。悪寒《おかん》と突発的な火照《ほて》りが交互にわたしを襲った。父の苛立ちが伝わってきた。すると突然、父は立ち上がり、二階のわたしの部屋へ駆け上がっていった。凄い物音がしたので様子を見に行くと、わたしの衣装ケースはひっくり返され、中身がすべて床にぶちまけてあった。父は衣類の中から二枚のCDを見つけると、窓の外に投げ捨てた。そしてわたしのオルゴールを見つけた。その長方形の青いオルゴールは、マリーがわたしにプレゼントしてくれたものだ。わたしはそれをとても大切にしていた。オルゴールの中はサーカスのテントで、ピエロが自転車に乗っていた。オルゴールの小さな引き出しを引っ張ると、音楽が奏でられ、ピエロが踊りだす仕組みになっていた。わたしは今でもそのオルゴールが奏でるメロディを覚えている。

父はオルゴールを鷲掴みにすると、思いきり床に叩きつけた。オルゴールの箱はピエロもろとも大破した。わたしの大切なオルゴールは壊れてしまったのだ。それはあたかもわたし自身のようだった。

数年後、過去を清算するために、マリーはまったく同じオルゴールをわたしにプレゼントしてくれた。今日でもわたしは、そのオルゴールを宝物のように大切にしている。

わたしの部屋から出てきた父は、前かがみになってわたしの顔を見据えると、こう言った。

「覚えていろよ、ひどい目に遭わせてやるからな」

深夜、ようやくピアノの練習から解放され、静かに眠れると安堵した。とても辛い一日だった。その日の朝の出来事は衝撃的だった。オルゴールのピエロが壊されたのを目の当たりにしたときに感じた心の痛みは、それまで経験した肉体的な痛みをはるかに上まわった。

ベッドに入って一時間ほどしてから応接間のドアが静かに開き、スリッパを履いた父がタイル張りの廊下を歩く音が聞こえた。息ができなくなった。父はわたしの部屋にやって来てピアノの練習を再開させるつもりなのだろうか。

父が階段の手前で立ち止まる音が聞こえた。木製の階段を歩く音は聞こえない。父は階段の手前でスリッパを脱ぎ、二階に上ってきたのだろう。うまく呼吸できなかった。パニック状態に陥った。部屋のドアが軋《きし》む音がすると、父が無言で入ってきた。ベッドの中でわたしは体を丸めた。父はベッドの周りを歩くと、わたしのシーツに入り込み、わたしを抱きしめた。父の熱い息がわたしの首もとにかかった。わたしは、この肉体的に濃密な接触に嫌悪感を覚えた。だが、わたしはひと言も発することができず、何のしぐさも示せなかった。父の気持ちは収まったのか、父の呼吸は穏やかだった。日中はわたしを殴ったのに、そのような愛情表現は気味が悪く疑わしく思えた。わたしは父の態度をまったく理解できなかった。

どのくらいの時間、父がわたしに抱きついていたのかはわからない。じっとしたままで会話はなかった。それは何時間も続いたような気がする。父は、わたしの部屋に来たときと同様に音も立てずに起き上がると立ち去った。暴力はなかったが、わたしの肉体は取り返しのつかないくらい踏みにじられたという喪失感に襲われた。わたしはもう以前の自分ではないという感覚にとらわれた。

あの出来事をきっかけに、夜、熟睡できなくなった。ベッドで横になるときは、ドアを背にはしなくなった。寝るときは、ドアが開くのではないかと疲れ果てるまで目を凝らすようになった。シーツに身をくるみ、掛布団を何枚か重ねた状態でなければ寝つけなくなった。ベッドの上で蚕《かいこ》のような状態になって自分を安心させていたのだ。父がまた現われるのではないかと恐れたわたしは、かすかな物音も聞き逃さないように息を押し殺すようになった。階段の足音から誰が歩いているのかを聞き分けられるようになった。父の膝《ひざ》が軋む音さえわかるようになった。すでに日中を恐る恐る過ごしていたわたしは、夜も怯えて暮らすようになったのである。

この新たなトラウマ体験が原因となり、またしてもおまじないを編み出した。それは幼いわたしの内なる世界にこのトラウマが侵入してくるのを防ぐためだった。父が一階から二階まで階段を上る間、息を止めていられたら、父はわたしの部屋に来ない、と自分に言い聞かせた。ほかのおまじないと同様、このおまじないも効き目がなかった。とくに昼間の練習がうまくいかなかった夜に、父はしばしばわたしの部屋に現われた。父はひと言も発せず、しばらくわたしの隣で横たわり、そして立ち去るのだった。それは自分が振るった暴力をわたしに詫びるための、父独特のやり方であり、父が後悔の念を表現する唯一の方法だったのだろうか。

わたしは、父の行動をどう解釈すればよいのかわからなかった。ただ、わたしはそのことで深く傷つき、あのときに負った心の傷はいまだに癒えない。わたしは内気な女の子だったのだ。革のベルトで鞭打たれるためにズボンと下着を脱ぎ、事務机に両手を載せて前かがみになるのは、すでに残忍な屈辱であり、ひどい恥辱だった。

わたしには許せない行ないに感じられた父の奇妙な愛情表現により、わたしは自分が女性に生まれたことを憎々しく思った。

12 スタインウェイ・アンド・サンズ

中学二年生〔中等教育第四学年〕になって二週間が過ぎた土曜日の午後、ピアノのレッスンが終わった後にベルトラン先生は、パリで行なわれるスタインウェイ・アンド・サンズ・コンクールの「優秀者部門」に出場してはどうかと父に提案した。それは参加者の大半をパリ国立高等音楽学校のきわめて優秀なピアニストたちが占める、またしても著名なコンクールだった。そのコンクールは六月に開催されるという。

　コンクールの課題曲は、ショパンの「練習曲作品二十五－十二」、ベートーベンの「ワルトシュタイン」の最終楽章、そしてラフマニノフの「音楽の絵」だった。すでにそれらの課題曲を研究していたベルトラン先生は、指づかいや音のニュアンスを書き写すようにと、自分が使った楽譜を貸してくれた。

またしてもコンクールに出場しなければならないのかと恨めしく思った。ふたたび凄まじいプレッシャーに耐えなければならないのだ。

父はベルトラン先生の家を出ると、その足で、ピアノ界の巨匠たちが弾くそれらの課題曲のCDと楽譜を買いに走った。

夕方、わたしは、買ってきたすべての楽譜にベルトラン先生が記した指づかいとニュアンスを書き写した。わたしたちはコンクールの準備期間に入ったのである。


ある金曜日の夜、わたしは左手の薬指の先を怪我してしまった。夕食時にパンをナイフで切ろうとしたとき、誤って自分の指を切ってしまったのだ。傷口からは大量の血が出てかなり痛んだ。母は傷口を消毒して包帯を巻いてくれた。指は痛かったが、内心ではちょっと気が楽になった。包帯を巻いただけでは血は止まらないだろう。ピアノの練習はとうてい無理だから、早く寝かせてもらえるはずだと期待したのだ。

そのような期待を抱いたのは、またしても父という人間をわかっていなかったからだ。夕食後、わたしと父はピアノの練習に戻った。打鍵する指はひどく痛み、閉じた傷口は開いた。ピアノを弾けば弾くほど、鍵盤は赤く染まった。父は、包帯を取り替えてこいと冷たく言うだけで何の反応も示さなかった。その晩、わたしはこの不慮の怪我から何ひとつ得をしなかったどころか、洗面所を行き来しただけだった。

翌日のピアノの練習は険悪な雰囲気で始まった。というのは、わたしが怪我をしたことに父は怒っていたからだ。仕方がないのでわたしは急いで朝食をとり、練習を再開した。正午になり、父は、「午前中の練習でお前は大して上達しなかったから、昼食は抜きだ」と言った。わたしは仕方なく一人で練習を続けた。しばらく経っても父は戻ってこないのでわたしは不安になった。いつもなら父は昼食をさっと済ませ、練習に戻ってくるのだが。午後二時になってようやくプレイルームに現われた父は、ランニングシューズを履き、散歩に出かける服装だった。

「母さんとマリーと一緒に散歩に出かける。お前はピアノの練習をしていろ。散歩から戻ってきたときに上達していなかったら、お前はとんでもない目に遭うぞ」

その言葉を聞くとすぐに気が楽になった。もし父が本当に散歩に出かけるのなら、数時間はのんびりと休憩できる。台所でつまみ食いをしてから居間のソファーに横たわりながらテレビを少し観ようなどと、できそうもないことを頭の中で思い描いた。ところが、父は家を出る前にドアの取っ手の上に爪楊枝を乗せた。父は、わたしがヘアピンを使ってドアを開けられるようになったことを察知し、最近になって対策を講じるようになったのだ。つまり、取っ手の上に置かれた爪楊枝は、取っ手が動くと床に落ちる。ドアは開けられても、部屋の内側から外側の取っ手の上に爪楊枝をふたたび置くのは不可能である。わたしは罠にかかった獲物同然であった。

数分後、玄関のドアが閉まる音がした。父たちはようやく出発したのだ。わたしはピアノ椅子から立ち上がり、カーテンの後ろに隠れ、父たちが家から遠ざかっていく姿を確認した。おそらく十五分くらいはカーテンの後ろでじっとしていたと思う。父たちがこっそりと戻ってくるのではないかと心配したのだ。ついに安らいだ気分になれた。プレイルームから出られないので、わたしがときどきベッドがわりに使っている小さなソファーに座ってゆっくりと読書した。『オリバー・ツイスト』〔チャールズ・ディケンズの長編小説〕を読み耽っていると、わたしの大好きなハイドンが吠えだした。ジャーマン・シェパードのハイドンは、フランスに戻ってきてからわたしたち家族と一緒に暮らしていた。ハイドンは美しくとても心優しい犬だった。周囲にいる人たちよりもハイドンだけが、わたしのことを理解してくれていると思えた。わたしが泣いている姿を見ると、ハイドンはわたしのところにやって来て、小さな声でうめきながら頭《こうべ》を垂れ、わたしに甘えた。ある日、父が食堂でわたしを殴ろうとすると、ハイドンは父に飛びかかって殴るのをやめさせた。怒った父はハイドンを滅多打ちにした。ハイドンはあのときからわたしのヒーローになった。

ハイドンは相変わらず奇妙な声で吠え続けていた。それは悲嘆に暮れた鳴き声だった。わたしは読書を中断して窓に駆け寄り、外の様子を窺った。庭の境界に張ってあったネットフェンスを飛び越そうとしたハイドンは、錨付の首輪がそこに引っかかって身動きできず、窒息寸前の状態だった。わたしはハイドンを助けるために迷うことなく行動した。プレイルームのドアを開けたとき、爪楊枝が床の上に落ちているのを目にし、心臓が凍りついた。一瞬躊躇したが、ハイドンを早く助けなければとすぐに思い直した。ハイドンを無事に救出すると、今度はプレイルームに戻りながらも、爪楊枝をドアの取っ手の上に戻しておくための巧妙な手段を即座に考え出さなければならなかった。わたしは父のピアノ椅子と縄跳びをプレイルームの窓から外へ放り出した。窓は中二階に位置している。プレイルームから出たわたしは、外からドアの鍵をかけ、爪楊枝をドアの取っ手の上に戻した。次に、車庫から家の外に出て、プレイルームの窓の下に行き、縄跳びの一方の先端をピアノ椅子の脚に縛り付け、もう一方の先端を自分のくるぶしに結び付けた。ピアノ椅子を家の壁にくっつけ、ピアノ椅子を踏み台にして窓辺までよじ登った。窓辺に腰かけられる状態になると、自分のくるぶしに結んでおいた縄跳びを使ってピアノ椅子をプレイルームまで引っ張り上げた。

父が散歩から戻ってきたのはその五分後だった。まさに間一髪であった。

コンクールの日が訪れた。わたしはパリ行きの飛行機に生まれて初めて乗った。当時、空の旅のセキュリティ・チェックは今ほど徹底していなかったため、わたしはコックピットに入れてもらい、パイロットたちと一緒に飛行機を操縦した。パイロットたちがわたしに操縦法を教えてくれたのだ。それはとても刺激的で貴重な体験だった。

パリに着くと、わたしたちはタクシーでコンクール会場へと向かった。自分の出番が来るまでの間、少しおさらいしたりウォーミングアップしたりするためにピアノを弾くことができた。

審査員団は、ブリジット・エンゲラーをはじめとする国際的に著名なピアニストを含む、おもにパリ国立高等音楽学校の先生たちで構成されていた。エトリンゲンの国際コンクールとの違いは、審査は閉じた部屋で行なわれるため、ほかの参加者たちの演奏は聴けないことだ。このコンクールに関してわかっていたのは、わたしが最年少の参加者だったということだ。わたしは、暗譜が飛ぶことも大きなミスを犯すこともなく、三つの課題曲を無難に弾き終えた。

その日、優勝したわたしはわずかな賞金と、八月に予定されているユネスコ主催のコンサートに出演する権利を得た。でも、コンサートには出たくなかったのだ……。

優秀者たちのコンサートと賞の授与式は、コンクールの数日後にパリのアンヴァリッド〔傷病兵を看護する施設としてルイ十四世によって建てられた廃兵院〕の名誉の間で行なわれた。その日のために、わたしはショパンのバラード第一番を弾いた。それはわたしが心から好きな曲のひとつだった。そのとき、ショパンがこのバラードで表現する大いなる苦悩と悲嘆を、あたかも自分のものとして演奏できたと思う。このバラードはわたしの人生を示唆しているのではないかと思えたため、わたしは心を込めて演奏した。それは自分が感じた大きな悲嘆を表現し、そして伝えるためだった。わたしのメッセージは、繊細な心の持ち主ならわかってくれただろうが、小さな子どもの曲芸めいた技術だけに感嘆する聴衆には届かなかっただろう。わたしの演奏は、聴衆にとってはうっとりするようなひとときであっても、わたしのようなピアニストにとっては、長い年月にわたる苦悩の発露にすぎなかった。

わたしは、ショパンの魂を奏でながらも、父の狂気を表現した。わたしはピアノを演奏する家畜のような存在になり、父はわたしの拷問人になったのである。

13　無言の抵抗を試みる

九月上旬、わたしは中学三年生〔中等教育第三学年〕になった。

わたしたちが暮らす村には高校がなかった。わたしだけでなく、クラスメイトたちも高校進学について悩み始めていた。選択肢はふたつあった。ひとつは、村から車でわずか二十五分のところにある公立高校に進学することだが、この公立高校のバカロレア〔大学に入学するための中等教育レベル認証の国家資格試験〕の合格率は低かった。もうひとつは、村の県庁所在地にある高校に進学して寮生活を送ることだ。後者の高校は家から遠いものの、大学への進学率ははるかによかった。わたしの親しい友人の両親たちは後者を選ぶはずだった。わたしは心配だった。というのは、寮生活を許してもらえるわけがなかったからだ。最も恐れたのは、父がわたしを国立通信教育センターに登録することだった。

もしそうなれば、わたしは学校に通えず、自宅で学習することになる。

学校に通えなくなるという不安が頭から離れなかった。わたしにとって、学校だけが安らぎの場だった。学校に行けなければ、独りぼっちのわたしは逃げ場も救命胴衣もなく、父の完全な奴隷になってしまう。そこでわたしは重大な決断を下した。食べることをやめたのだ。

次のように単純に考えたのである。食べることをやめる、あるいはほとんど食べなければ、痩せ細るだろう。わたしが痩せ細れば、父はどこか体調が悪いのではないかと、わたしのことを心配するだろう。そうなれば、父はそれまでのやり方を見直し、わたしの扱いを改めるのではないか。


友人たちは中学卒業のための国家試験の準備を始めた。この試験の準備を言い訳にして、わたしは学食で昼食をとるようになった。しばらくの間、コンクールに出場する予定はなかった。昼食時に数学の先生がこの試験のポイントを教えてくれるので、昼食は学食でとりたいと父に申し出ると、その願いは認められた。学食では、出された食事をきちんと食べたかどうかを確認する者はいなかったので、誰にも気づかれずに昼食を抜くことができた。朝は、わざと時間をかけて通学の準備をして、朝食をとる時間をなくした。夕食と週末は、食事をとらせてもらえないこともあるため、策を講じる必要はなかった。食事をとらせてもらえるときは、学食で食べすぎたと嘘を言って、ほとんど食べなかった。

断食を始めた頃は、空腹で辛かったこともあった。父の命令で食事をとらせてもらえないのには慣れていたが、長期間にわたって絶食するのは楽ではなかった。しかし、この空腹感は痩せ細るにしたがって消え失せた。衰弱したわたしの姿を見て父にわかってほしかったのだ。つまり、わたしが痩せたのは悲しいからであり、わたしが悲しむのは父の態度が原因だと伝えたかったのだ。父はきっと態度を改めるだろうと思っていた。父は態度を改めるべきであり、わたしはすでに限界だった。死にたかった。ときどき、夜になって皆が寝静まると台所に降りて行き、食卓用具の入った引き出しを開け、キッチンナイフをじっと見つめていたこともあった。手に取ったキッチンナイフをしばらくの間、自分の手首に押し当ててみた。だが、勇気がなかった。痩せ細ることがわたしの唯一のやり方だったのだ。

九月から二月までに十キログラムも痩せたが、誰も関心を示さなかった。ただ一人、わたしが痩せたのを冗談めかして話題にしたのは歴史の先生だった。

「ラファエルさん、ちゃんと食べないと、そのうちに消えてなくなっちゃいますよ」

母もわたしが痩せたことに気づいたが、わたしは痩せた事実を頑なに否定し、母が心配しないようにできるかぎり分厚い服を着てごまかした。

二月に、ラテン語の先生が、ロームスとレムス〔ローマの建国神話に登場する双子の兄弟〕の足跡を辿るために皆でイタリアに行く計画があると発表した。このクラス旅行は五月の予定だった。だが、とても残念なことに、その時期、わたしはパリに行く予定があった。というのは、ベルトラン先生は、四月下旬にサル・ガヴォー〔パリ八区にあるコンサートホール〕で行なわれるオーディションに参加してはどうか、と熱心に勧めていたからだ。オーディションに合格すれば、十月に同じサル・ガヴォーで文化大臣後援のリサイタルを開くことができた。クラス旅行に参加できないのは、ほぼ確実かと思われた。

　オーディションのための厳しい練習が始まった。練習は苦痛の連続だった。わたしは拒食症で疲弊していた。拒食症が原因と思われる倦怠感によって、数年前から思っていた背中の痛みが増した。一日中、ピアノ椅子に座り続けると、脊椎側彎症《せきついそくわんしょう》〔背骨が側方に曲がる病気〕が次第に悪化した。体重が減少したため、肉体的にも精神的にも衝撃に脆《もろ》くなった。すぐに涙を流すようになり、屈辱を受けることにますます耐えられなくなった。もう食べないと決めたのは、わたしが受ける屈辱にも原因があった。中学一年からわたしは思春期の女の子だった。下半身裸になってベルトで鞭打たれるのは、耐えがたいほど残酷な仕打ちに感じられるようになった。それが生理中であればなおさらのことだ。また、父が膨らみ始めたわたしの胸をからかうのも許せなかった。痩せようとしたのは、屈辱を和らげるために思春期の肉体的特徴を消し去ろうとしたからだ。

　パリのオーディションは、ローマ出発の三日前に行なわれた。わたしは難なく合格した。そこでこのチャンスを利用し、数日間のクラス旅行に参加させてほしいと父に願い出た。父は承諾してくれた。

出発前の二日間は、父の機嫌をとるために一所懸命にピアノの練習をした。クラス旅行の長距離バスに乗った瞬間、心底ほっとした。

ついにわたしは六日間の平穏な日々を過ごせるのだ。怒鳴られもせず、殴られもせず、そして何よりピアノを弾かなくてよいのだ。わたしはこのクラス旅行を思いっきり楽しもうと思った。

わたしたちは、フォロ・ロマーノ〔古代ローマ時代の遺跡〕、コロッセオ〔ローマ帝政期の円形闘技場〕、アンツィオ〔ティレニア海に面した港町〕とその海岸、ヴェスヴィオ〔ナポリ近郊の火山〕、そしてポンペイ〔火山噴火によって地中に埋もれた古代都市〕を訪ねた。旅行中は幸せだった。皆と一緒に過ごすことによって、自分がようやく正常な人間だと感じられた。だが、夜に寝るときはかなり苦労した。自分の知らない場所で寝るのはとても不安だった。わたしは夜を徹して大部屋のドアを監視しようとした。しかし、ついに眠りに落ちると、いつもの悪夢にうなされた。わたしの悪夢には、ピアノの練習に使っていた古いメトロノームが登場する。振り子が左右に揺れる古いメトロノームのえんえんと続く反復が、恐ろしい夢を引き起こすのだ。不吉な雰囲気のする男が、ドアも窓もない部屋の中を歩きまわっている。その男はリズミカルに左右の脚を前に踏み出し、部屋の中をくまなく歩きまわるのだが、出口がどこにもない……。汗だくになってこの悪夢から目覚めるまで、わたしは金縛り状態で何もできない……。

旅行中の一週間はあっという間に過ぎた。旅行の最終日は、現実に戻るのかと思うと辛かった。家、ピアノ、そして父から離れ、これほど安らかな日々を送ったのは初めてだった。あの生活に戻るのは耐えられない試練に思われた。胃は痛み、表情は歪んだ。付き添いの先生の一人がわたしの顔色が冴えないのに気づき、どこか調子が悪いのかと話しかけてくれるように、わたしは努力してみるべきだったのか。

日常的な暴力から逃れられた夢のような日々だっただけに、帰宅するのはとても辛かった。

14　ベルトラン先生に打ち明ける

五月中旬、父は、パリ地域への転勤を伴うポストの打診を受けた。大手企業グループの技術本部長という魅力的な地位だった。父はすぐに承諾したので、わたしたちはイル＝ド＝フランス地域圏〔パリを中心とする地域圏〕に引っ越した。親しい友人たちと別れるのは悲しかった。引っ越し先の地区には高校があったので、通学はせいぜい数キロメートルの距離になるはずだった。高校へは自転車で通学できるだろうし、自宅に戻って昼食をとることも可能だろう。国立通信教育センターに登録される恐れは遠のいたため、少し気が楽になった。

ローマ旅行から戻ってくると、父のピアノに対する要求は強まった。父は、ピアノの練習をしなかった六日間のブランクを取り戻さなければと苛立ち、些細なことで激怒した。ある土曜日、ベルトラン先生の家に行く準備をしていたとき、父はわたしを睨みつけた。

「今からお前のピアノの先生のところに行くが、家に戻ったら覚悟しておけよ」

うまく説明できないが、そのときの脅しは、それまでのものとは違った特別な感じがした。父の神経質な苛立ちは最高潮に達した。わたしは、父がとんでもないことをするのではないかと恐れた。そこでわたしは、車に乗る前に母とこっそり話し合い、ベルトラン先生に連絡を取ってもらうことにした。母は、わたしたちが車で出発してからベルトラン先生に電話をかけ、父の虐待を打ち明けた。父とわたしが出発してすぐに母はベルトラン先生に電話をし、今日のレッスンではあまり注意をしないでほしいと訴え、父が日常的にわたしに暴力を振るっていると伝えたのだ。父は非常に苛立っているので、その日のレッスンはなんとかうまくやってほしいと母はお願いしたという。

わたしたちが到着し、ベルトラン先生が家のドアを開けたとき、わたしは、母とベルトラン先生が何を話し合ったのかをまだ知らなかった。ひどく落ち込んだ様子のベルトラン先生は、初めてわたしを真正面から見据えた。ベルトラン先生は途方に暮れていた。そのとき、父は事情をまったく知らなかった。いつものようにベルトラン先生と父は、コーヒーを飲むために食堂に行った。ベルトラン先生はほとんどしゃべらなかった。重苦しい空気が流れた。ベルトラン先生は突然、落ち着きを取り戻すと、「とても残念ですが、あなたの娘さんにピアノを教えることはもうできません」と理由も告げずに述べた。あぜんとした表情の父は、すぐにその理由を訊ねた。ベルトラン先生は父に、「教えることに疲れたのです。ピアノはやめて、オーケストラに入ってコントラバスに専念しようと思っています」と告げた。父は食い下がることはしなかった。ピアノのレッスンはいつものように行なわれたが、気まずい雰囲気が漂った。母の話に精神的ショックを受けたのか、レッスン中、ベルトラン先生はわたしにほとんど注意をしなかった。わたしがどのように弾こうが、「よろしい」とだけ言った。夕方になってレッスンが終わり、帰りぎわに父は、「今日のことを整理したいので、今週、電話します」とベルトラン先生に告げた。長い議論の末、父は、わたしたちは数か月後にいずれ引っ越すので、それまでピアノのレッスンは続けてほしいとベルトラン先生を説得し、しぶしぶ承諾させた。

わたしは、ベルトラン先生のピアノの生徒の中では比較的新しい生徒だった。わたしの後、ベルトラン先生は次第にピアノのレッスンをやめてしまった。後日、ベルトラン先生はわたしに語った。「不幸の片棒を担ぐような真似は、もうしたくなかったんだ」。母の打ち明け話は、ベルトラン先生にとってあまりにも衝撃的だったのである。ベルトラン先生は、父と一緒になってわたしを不幸にするような真似はしたくなかったのだ。わたしのそれまでの成功が暴力と苦渋の結果だとは思いもよらなかったため、ベルトラン先生は罪悪感を抱いていた。

八月末、引っ越しの日がやって来た。友人たちとさよならするのは辛かった。とくに親友のべンジャマンと別れるのはなおさらだった。ドイツ語のデュマ先生の授業中や休み時間、そしてベンジャマンがわたしの家に来たときのことを思い出した。彼のように心の支えになってくれる友人を、わたしはまた見つけられるのだろうか。

ベンジャマンは、わたしの家庭で起きていることをはっきりと知っていたわけではなかったが、わたしのことをいつも気にかけてくれた。小学校から中学校にかけて、わたしの健康を気にし、気遣ってくれたのは彼だけだった。大人たちが誰一人としてわたしに手を差し伸べてくれなかったとき、ベンジャマンだけがわたしを笑わせ、嫌なことを忘れさせてくれたのだ。

15　保健師マリオン先生

イル＝ド＝フランス地域圏に着くと、豪華な分譲住宅地に建つ家に入居した。この分譲住宅地にある家はすべて同じ仕様だった。壁は分厚いピンクの漆喰、扉と雨戸は白、家には花が咲き乱れる小さな庭が付いていた。まるで人形の家みたいだった。今回のわたしたちの家は周囲の家と同じだった。広い環境に馴染んでいた愛犬ハイドンにとって、この新たな環境に慣れるのはたいへんだったと思う。

引っ越しの段ボール箱を片付け、新しい家のプレイルームにピアノを据え付けると、父はピアノの先生を捜す段取りに入った。パリのサル・ガヴォーでのオーディションのときに、父はパリ国立高等音楽学校で教える審査員団のメンバーと会話した。その際、審査員団のメンバーは父に有名なピアノの先生を紹介した。その先生は自宅だけでなく、オー＝ド＝セーヌの音楽学校でピアノを教えているという。

新学期が始まる直前の土曜日の午後、わたしたちはこの先生に会いに行った。わたしは、この前のオーディションで弾いた曲を彼の前で弾いた。

ドマルスキー先生は、六ヘクタール〔約一万八千坪〕以上はある少し荒れた大農場に暮らしていた。ロシア出身で四十歳代のピアニストであるドマルスキー先生は、ベルトラン先生とは似ても似つかない人物だった。先生の家は、田舎風でとても洒落ていた。レッスン室は二階にあった。そこには、二台のグランドピアノ、そして無数のCDと楽譜が置いてあった。ドマルスキー先生にピアノの腕前を知ってもらうために、わたしは自分のレパートリーを連続して弾いた。先生は感銘を受けた様子だったが、何か物足りなさそうな表情を浮かべていた。ドマルスキー先生は、弾いたばかりのショパンのバラード第一番を、自分のアドバイスに従ってもう一度弾いてくれと言った。先生のアドバイスは、わたしがそれまで意識していなかったことばかりだった。ピアノと一心同体のドマルスキー先生は、ショパンの音楽を知り尽くしていた。先生の巧みで熱い身振りは、次第にわたしの演奏を導いた。わたしたちは音楽的に波長が合った。ドマルスキー先生の指示を受け、ショパンのバラードを弾き終えたとき、わたしはこの曲をうまく演奏できていなかったことに気づいた。このバラードをこれほどうまく弾けたのは初めてだった。ドマルスキー先生はピアノを教える才能の持ち主であり、彼の音楽に対する感性の豊かさは明らかだった。情熱をもって音楽を実践していた。一方、人間としてのドマルスキー先生は、礼儀正しく笑顔を絶やさなかったものの、会ったときから名声とお金に執着した人物のように見えた。自分がプロのピアニストとして得られなかった名声を、自分の生徒を通じて得ようとしているように思えた。だからこそドマルスキー先生は、きわめて才能のある子どもか、社会的または政治的に高い地位にある親の子どもしか自分の生徒にしなかったのだ。そのような親としゃべっているときには愛想のよい様子からは、他人の力を頼って生きている人物という印象を受けた。

　最初のレッスンが終わった直後、ドマルスキー先生の目には、わたしを生徒にしたいという野心が見てとれた。ドマルスキー先生の提示するレッスン代は高額だったが、父はまったくかまわない様子だった。こうしてドマルスキー先生がわたしの新たなピアノの先生になったのである。ドマルスキー先生は次の週からレッスンを開始しようと言った。課題曲はリストの超絶技巧練習曲「鬼火」だった。この曲は、わたしのそれまでのレパートリーとは比較にならないほどの難曲だった。

　九月、わたしはヴォルテール高校に進み、高校一年生〔中等教育後期第二学年〕になった。痩せた体型は、大きめのサイズのセーターを着て隠した。体重は三八キログラムしかなかったが、空腹感を覚えることはなくなった。すでに痩せていたので、わたしの体重が減ったことに誰も関心を示さなかった。

新学期の初め、担任になる国語のデュニィ先生が教室にやって来た。彼女はこの高校の校長でもあった。最初にわたしたちは、両親の職業、趣味、将来の夢、そして何を専攻したいと思っているのかなど、ごく一般的な質問事項に答える自己紹介の用紙に記入させられた。お定まりの質問事項の記入が終わると、次にデュニィ先生は、驚いたことに、その用紙の裏側に何でもいいから自由に書きなさい、秘密は守りますと言った。「何でもいいから言ってごらんなさい」という言葉を聞いたのは、そのときが生まれて初めてだった。

ボールペンを手にしたわたしは躊躇することなく、学校の授業以外に週四十五時間以上もピアノの練習をしているとだけ書いた。わたしがそのように書いたのは、自分の境遇を示唆するためではなく、自分がいかに特異な暮らしを送っているのかを訴えたかったからだと思う。何かを書いたところで、デュニィ先生はこの紙切れを読み流し、机の引き出しの中で保管するだけだと思っていたのだ。

その翌日、数学の授業が終わると、教室のドアの前で一人の女性がわたしを待っていた。彼女は、自分はこの学校の保健師のマリオンだと自己紹介した後、保健室でちょっと相談したいことがあると切り出してきた。保健師のマリオン先生は四十歳代で、容姿はわたしの母に似ていた。栗色の短い髪型で、わたしよりほんの少し小柄である。マリオン先生のことをとても優しくて繊細な人物だと感じたわたしは、すぐに彼女を信頼する気になった。マリオン先生は、今朝、保健室に到着すると、デュニィ先生がやって来てわたしのことをひどく心配していたと説明してくれた。デュニィ先生は、自己紹介の用紙の裏側に書かれたわたしのメッセージを読み、ピアノの練習時間の長さに驚いたのだ。わたしはとても居心地が悪かった。何か悪いことをしてしまったような感覚に襲われた。わたしは俯《うつむ》き、恥じ入った。マリオン先生が、それは本当のことなのかと質問したので、わたしはこっくりと頷いた。次に、わたしのことを痩せすぎだと思ったマリオン先生は、体重についていくつか質問し、何か生活上の悩みがあるのではないかと訊いてきた。

この瞬間をわたしはどれほど待ち望んでいたことか。しかしながら、厳然たる現実を前に、わたしはなんと言えばよいのかわからなかった。語りすぎることがもたらす結果に怯えたのだ。警戒したわたしは、詳細には立ち入らずに、自分の日常をそれとなく語り始めたが、授業開始のチャイムが鳴ったため、教室に戻らなければならなかった。

その晩、帰宅すると、胃が痛かった。用紙の裏に書いたこと、そしてマリオン先生に話したことを大いに後悔した。恐ろしいほどの不安を感じ、呼吸困難になった。今後の展開が恐ろしく、時計の針を逆戻りさせたかった。あの保健師の先生が家に電話してきて父に説明を求めたらどうしよう。そのようなことはしないでくれと切に祈った。もしそうなれば、父はわたしを殺すだろう。

高校の時間割では昼休みは一時間もなかった。一方、父は勤務地が自宅から少し遠かったので、昼休みには戻ってこられなかった。したがって必然的に、昼食は高校の学食でとることになった。

それがきっかけとなって、わたしはすぐに友達をつくることができた。

六人組の仲良しグループができた。ロールとオーレリーは小学校以来の親友の女の子で、シルヴァンは数学が得意だった。彼はおとなしいがとても親切な男の子だった。文学少女ローレンスとわたしの大の親友エステールは昼食時に自宅に戻ったが、短い昼休み以外は、彼女たちもいつも一緒だった。

学食では、わたしは給食をほとんど食べなかった。どちらかというと食いしんぼうのシルヴァンがわたしの分も食べてくれたので、わたしは学食からすみやかに解放された。中学校の学食と違って、高校では生徒がきちんと食べたかを監視していた。よって、シルヴァンにわたしの分を食べてもらう作戦は長続きしなかった。

学校の保健師との初めての面会から数週間後、彼女は朝十時の放課時間にわたしの教室にふたたびやって来た。前回とは異なり、彼女は、わたしの健康を心配しているのだとわかってもらおうとした。わたしが昼に学食で何も食べないことを知っていたのだ。彼女はその理由を知りたがった。そして自分に打ち明けてくれたことは、二人の秘密にしておくと誓ったのである。

保健師のマリオン先生に会ったのはまだ二度目だったが、わたしは彼女を信用した。彼女はとても優しく接してくれた。そうした優しさに慣れていなかったわたしは心底感動した。ほとんど諦めていたときに、彼女がわたしの前に現われたのだ。生き延びようと歯を食いしばっていたわたしは、諦め始めていた。生きる希望も気力もなかった。諦めかけていたときに彼女がわたしに手を差し伸べてくれたおかげで、わたしはもうひと踏ん張りできたのだ。わたしは言い淀みながら語り始めたのである。

マリオン先生は毎日、昼休みに学食の前でわたしを待っていた。彼女とわたしは保健室に通った。わたしは自分の日常を少しずつ明らかにした。両親には何も言わないと約束してくれたので、わたしは徐々に落ち着きを取り戻した。

マリオン先生は、次第にわたしにとってかけがえのない存在になった。わたしは保健室に毎日通うようになった。語れば語るほど、語らなければならなかった。語り尽くせないほど多くのことを語るうちに、突如として自分自身を取り戻した。ダムの水門が開かれたときのように、それまで溜め込んできた大量の言葉を吐露する必要があったのだ。長年にわたって自己を押し殺してきたため、保健室での面会時間は短すぎると感じた。マリオン先生から離れるときは、心が引き裂かれる思いがした。わたしはマリオン先生に対し、ある種の強烈な依存心を育むようになった。語るためだけに、毎日、保健室でずっと過ごしていたかったくらいだ。マリオン先生に会い、さらに多くのことを語るために、腹痛だと偽って授業をときどきさぼるようになった。マリオン先生が不在のときは、わたしは保健室の前で泣き崩れた。身体の水分がすべて涙として流れ出た。マリオン先生がそばにいてくれると、わたしは強くなれた。彼女に語ると安心できた。彼女が少しでも不在にしていると、わたしはパニック状態に陥り、自分をまったく制御できなくなった。マリオン先生は、自分が保健室にいなくてもわたしはもう独りぼっちではないと励ましてくれた。

後戻りするのはまっぴらごめんだった。

　週末に独りで死ぬのではないかという恐怖を初めて感じなくなった。月曜日の朝にわたしが高校に現われなければ、誰かがわたしの欠席に気づき、助けを呼んでくれるだろうという確信がもてるようになったのである。

16　ミュンヒハウゼン症候群

　十一月末頃、保健師マリオン先生の紹介で、女性の校医マルタン医師に会った。マルタン医師はすでにわたしのおおよその生活を知っていたが、わたしとの会話の内容は秘密にするというマリオン先生との約束を守っていた。マリオン先生とマルタン医師は、わたしの家庭環境は危機的な状態にあり、とうてい黙認できないのだと、わたしにわからせようとした。わたしにはそのような修羅場を迎えるための心の準備はまったくできていなかった。思慮深いマリオン先生とマルタン医師は、そのことをすぐに理解してくれて、わたしが女性の心理カウンセラーと定期的に会うと承諾するなら、しばらくの間は何も言わないと約束してくれた。また、マリオン先生は、殴られるたびにできる内出血の跡を、今後はマルタン医師に診せるようにとわたしを説得した。

「セリーヌ、調書をつくる必要があるの。もしも、将来的に訴えることになったら、文書化されたものがいるのよ。訴えるというのは、あなたとあなたのお父さんが言い争うことではないの。万が一、あなたに何かあったときのためにも、証拠がないといけないのよ」

わたしは決心できなかった。そんなことをすれば恐ろしい結果になるのではないかと怯えきったのだ。そしてわたしは恥ずかしかった。月曜日の朝、わたしは週末に起こった出来事を報告するために保健師に会いに行き、殴られたことについて打ち明けるようになったが、殴られた跡を診せるようになったのは、かなり後のことだった。

十二月初め、ドマルスキー先生は、わたしがフランス・ミュージック〔公共ラジオ局の音楽チャンネル〕の番組で演奏できる機会があると告げた。その日のために、ラベルの「スカルボ」、ショパンの「ノクターン」、そしてリストの超絶技巧練習曲「鬼火」を演奏しなければならなかった。精神的に強烈なプレッシャーを感じた。ラジオ番組での演奏は、ピアニストになるための重要なステップだった。父はますます暴力を振るうようになった。マリオン先生との信頼関係から得られた安心感は、わたしの心の大きな支えになった。金曜日の夜、靴下の中に髪留めと五十フラン紙幣、そしてマリオン先生の自宅の電話番号を書き留めたメモを入れておいた。マリオン先生の電話番号を持っているだけで、彼女がわたしを見守ってくれているような感覚に包まれ、恐ろしいことは起きない気がした。精神的に強くなったと実感でき、以前よりも泣かなくなった。父に対して嫌だと言おうと思い始めていた。

わたしが抵抗力をつけたことに、父は動揺した。父はそれまでは黙ったままで儀式のように行動していたが、その頃から衝動的な振るまいを見せるようになった。精神的に強くなったわたしに対し、父は新たな嫌がらせを見つけては、肉体的にも精神的にも傷めつけようとした。

父は、「お前のようなやつは掃除くらいしかできない」と繰り返しわたしを罵った。夕食には参加させてもらえず、夕食後はいつも食卓の片付けと皿洗いをさせられた。床に紙が落ちていると、それを食べろと命じた。

「こうすれば、お前はごみ箱がどこにあるのかを覚えるだろう」と父は言い放った。

ベッドで寝ようと思うと、ときどき枕の中に何か硬いものが入っていた。それはたいていの場合、わたしが片付けなかったコーヒーカップやコップだった。

ラジオ番組で演奏する日が近づき、家では緊張感が日増しに高まった。

ある晩、仕事から帰ってきた父は、いつも以上に苛立っていた。父は翌日からコートジボワールへ三日間の出張に行かなければならなかったのだ。この時期にわたしのピアノの練習を監督できないため、父は苛立っていたのである。

弾き始めるや否や、何度も殴られた。すべてが不充分だったのだ。テンポが悪く、一所懸命に弾いても音楽にならなかった。すると突然、右の脚の付け根あたりに父の蹴りが入った。蹴られた勢いでピアノ椅子から転落したわたしは、左膝《ひざ》を床で強打した。

翌朝、目を覚ますと左膝が曲がらなかった。左膝の関節部分に大きな血腫ができていたのである。母には何も言わなかった。というのは、父のいない自由な三日間を満喫したかったからだ。父が不在のときに母と妹とわたしの三人で過ごすのは、何か特別なことをするわけではないが、とてもリラックスできた。母はピアノの練習時間をまったく自由に過ごさせてくれて、わたしが練習しなくても何も言わなかった。そこでわたしは、読書をしたり好きな音楽を聴いたりした。夜は、三人でひとつの布団にもぐってテレビ映画を観た。わたしにとってはじつに幸せなひととときだった。

左膝の血腫は回復しなかった。関節は異常に腫れ上がり、脚はむくんだ。ついに膝のことを母に話すと、すぐに病院に連れて行かれた。医師は関節の腫れを引かせるために、左足を休めるための副木と松葉杖を処方した。

三日間はあっという間に過ぎ、出張から戻ってきた父は、わたしの脚の状態を心配した。そのような状態では、脚を曲げたり、ピアノの左ペダルを踏んだりするのが困難だった。心配した父は、わたしを最寄りの救急病院に連れて行った。精密検査のために、一日か二日、入院するように言われた。

内科病棟に移されたわたしは、そこでインターンと医局医、そしてパラメディカル・スタッフ〔医師の指示のもとに業務を行なう医療従事者。日本ではコメディカルと呼称〕に会った。かれらは、わたしがピアノ椅子から転落して救急診療を受けたことは、カルテを通じて知っていたはずだ。不思議だったのは、わたしの脚はもちろん、わたしの痩せた体型について質問をする者が誰もいなかったことだ。自分という人間は存在しないかのようだった。そうしたかれらの態度に接し、わたしはかれらを信頼する気になれなかった。わたしが何か語ったとしても信じてもらえないだろうし、あえて語ったところで、わたしが父にやり込められるだけだと悟った。母とともに午後に見舞いに来た父は、診断の結果を担当医師にしつこく訊ねていた。

入院してから二日目、事前に何の説明もなく精神科医がわたしの病室に現われた。彼はわたしの隣の椅子に腰を下ろすと、フロイトの『日常生活の精神病理学』を読んだことがあるかと唐突に訊いてきた。当時十四歳のわたしは、彼がいったい何を言いたいのかがわからなかった。フロイトの著作はわたしの読書の対象ではなかった。

三日間、ベッドで安静にしていると、わたしの脚は正常なサイズに戻り、血腫は治まり始めたため、退院を許可された。とはいっても、副木は膝に添えたままの状態であり、数日間は松葉杖が必要だった。脚の痛みはまだ治まらず、歩行困難な状態だった。

自宅に戻るとすぐに、遅れを取り戻すためにピアノの練習を再開しなければならなかった。出張から戻ったときに父が見せたわたしを心配する態度は消え失せていた。父はわたしに、「医師が異常ないと言ったのだから、脚が痛かろうがそんなことは関係ない。ピアノの練習のために副木を外せ」と命じた。

数日後、わたしの入院記録が郵送されてきた。わたしはそれを読んで仰天した。医師団の診断は、「ミュンヒハウゼン症候群〔周囲の関心や同情を引くために病気を装ったり、自傷行為に走ったりする虚偽性障害〕と思われる」だった。つまり、診断書は、この怪我は自傷行為によるものだと示唆していたのだ。血液検査の結果は正常であり、両親は子どもの教育に熱心な感じのよい人物であり、わたしは拒食症だった。それらの状況から拙速な判断を下したかれらは、この怪我は周囲の関心を引くためのわたしの自傷行為だと診断したのだ。面倒なことに関わり合いたくない医師たちにとって、それは便利な仮説だった。

わたしはその解釈に精神的ショックを受けた。そのとき、保健師マリオン先生の言っていたことがようやく理解できた。現状では、わたしは自分で説明する以外に方法はない。ところが、父は子ども思いで良識があり、笑顔を絶やさない人物だと周囲からは思われているため、そうした父を前にすれば、わたしの訴えなどは説得力をもたないだろう。わたしの拒食症は精神的病理のひとつとして扱われた。拒食症であるがために、わたしはまったく信用してもらえなかったのだ。こうしてわたしは暴力を振るわれたことを証明できるようにするために、殴られるたびにその跡をマリオン先生に見せることにしたのである。

17 フランス・ミュージック

痩せ細るにつれ、集中できなくなった。指の動きが悪くなった。演奏の日が近づいてきた。ピアノの練習がますます辛くなった。

土曜日の朝、リストの超絶技巧練習曲「鬼火」の二ページ目を弾くのにひどく苦労していると、昼食の準備ができたと母が呼びに来た。驚いたことに父は、わたしが食堂で昼食をとるのに異議を唱えなかった。わたしは父のそうした態度を警戒した。

それとなく父の様子を窺いながら食卓についた。母はミート・スパゲティをつくったのだが、わたしはかなり前からパスタを食べなかった。

皿に盛られたスパゲティを眺めながら、どうやってこれを食べずに済ませるかを考えていた。

すると突然、父は立ち上がり、わたしの髪の毛を鷲掴みにして頭をのけぞらせると、フォークを使ってスパゲティをわたしの口の中に押し込もうとした。わたしは口を固く閉じて抵抗したが、父は、わたしの両腕を動けないようにしておいて自分の上半身を使ってわたしを押さえつけた。そしてわたしの鼻をつまんだのである。わたしは窒息状態に陥った。

母は席を立った。

「やめて、そんなことはしないで」

座ったままのマリーはこの暴力に怯えた。

マリーと母が父の暴力を目の当たりにすることは、きわめて稀だった。普段、暴力はプレイルームの中での出来事だったからだ。

母は突然、「セリーヌから手を離して」と叫んだ。

驚いた父は、わたしを締め上げるのをやめ、怒って自分の皿を床にぶちまけ、食堂から去って行った。わたしが食べるのをやめれば、父はわたしに対する態度を変え、優しくしてくれると思っていた。ところが、父はわたしの拒食症を邪魔物と受けとめたのだ。暴力を振るってもこの邪魔物を排除できず、無力感に苛まれた父は怒り狂うほかなかったのである。

昼食後、わたしたちは「鬼火」の練習を続けるためにプレイルームに戻った。二ページ目に差しかかるとすぐに、父は激怒してプレイルームから飛び出して行った。わたしは、父を激怒させるほどのことをしたつもりはなかった。全身が凍りついた。

　父が階段を上る音が聞こえた。父はわたしの部屋に行ったようだ。衣装ケースがひっくり返り、窓の開く音がした。父は、わたしの本やＣＤ、そして衣服を窓から投げ捨てているのだろう。

　突如、階段から降りてきた父は、プレイルームに入って来るなり、わたしの髪の毛を鷲掴みにした。父はわたしの部屋までわたしを引きずって行くと、ベッドのマットレスの下に隠しておいた小さなラジオを、わたしの顔をめがけて投げつけた。ラジオはわたしの目もとに命中し、わたしの眼鏡は壊れた。ラジオは、金曜日の夜にマリーの部屋に隠しておくべきだったが、自分の手もとに置いておきたかったのだ。ラジオはわたしの唯一の気晴らしだった。ラジオのおかげで嫌な現実から逃れることができ、憂鬱な気分から抜け出せたのだ。ピアノの練習から解放されると、すぐにラジオをつけた。わたしのお気に入りは、ファン・ラジオのディフール〔若者に人気のラジオパーソナリティ〕だった。彼の番組を聴いていると、とても気が楽になった。彼の話があまりにも面白いので、布団の中で思わず声をあげて笑ってしまうこともあった。この番組では、リスナーが電話をかけて彼にアドバイスを請うのだが、わたしもかれらの会話に加わっているような錯覚に陥り、自分も社会の一員である気分になれた。床に叩きつけられた小さなラジオは壊れてしまったが、そのときのわたしには、自分を憐れむ余裕さえなかった。

　父はわたしの髪をまたしても乱暴に摑んだ。わたしはもがこうとしたが、バランスを失って転倒した。父は、倒れたわたしを廊下まで引きずり出した。仰向けになったわたしは、髪の毛が引き抜かれたのを感じた。髪の毛が抜けてしまわないように両手を自分の頭に押し当てた。父が力まかせに髪の毛を引っ張るため、頭皮に恐ろしい痛みを感じた。父は、仰向けになったわたしの髪の毛を引っ張って階段を下りた。痩せていたわたしの身体は、骨が剝《む》き出しで皮だけだった。背骨はとくに突起していた。引きずられるたびに全身に激痛が走った。ほとんど気を失いかけたわたしは放心状態になった。

その場に居合わせた母とマリーは、わたしを離すように父に懇願した。母とマリーは怯えているようだった。父は、母とマリーには目もくれず、わたしをプレイルームの前まで引きずると、わたしを荷物のように放り出した。起き上がろうとすると全身が痛かった。父はわたしをプレイルームの中に押し込むと、後ろ手にドアを閉めた。ピアノの練習を再開したのである。

月曜日の朝、十時の放課時間になると、わたしはマリオン先生のいる保健室へ直行した。殴られた跡と怪我の状態を診てもらうために、彼女が医師を呼ぶことに初めて同意したのである。その日の午後、マルタン医師はわたしを診察した。マルタン医師はとても優しく機転の利く女性だった。右腕、左腿《もも》、目の周辺、背中の内出血を診てもらった。

マルタン医師は、すべての内出血の大きさを計測した後、わたしの証言を書き留めながら診断書を作成した。

その数日後、ラジオ番組の公開生放送が行なわれた。

公開生放送は、マリー＝ポール・ベル〔一九四六年生まれの女性歌手、作詞・作曲家〕とアカペラのグループも出演した。控室にいるときから緊張していたわたしは、聴衆を前にする本番ではさらに緊張した。失敗すればラジオの前のリスナー全員がそれを耳にするだろうし、ましてやわたしの失敗は録音されるのだと思うと、とても不安だった。最初に演奏したのは「鬼火」だった。うまく弾けた。聴衆はわたしの繊細なピアノに魅了されたようだった。わたしは聴衆の拍手に勇気づけられ、かなりリラックスした。ほかの出演者たちがわたしにとても親切だったことも幸いした。聴衆は、ラベルの「スカルボ」、そしてショパンの「ノクターン」にも大きな拍手を送った。父とドマルスキー先生はわたしの演奏に満足した。一方、わたしはひどい週末をなんとか乗りきったことに安堵した。

このままの状態では、わたしはいずれ死ぬことになるだろう。

18　怒り狂う

三月初め、ドマルスキー先生は、わたしに新たなチャレンジを課した。わたしをショパン・コンクールに出場させようというのだ。ドマルスキー先生は、わたしを世界的なピアニストに育てようとしていたのだ。ショパン・コンクールは国際的にとても権威のあるコンクールだ。このコンクールで優勝すれば、プロのピアニストとしての輝かしい将来が約束される。父はこの提案をとても喜んだ。

父はドマルスキー先生のことを高く評価していた。というのは、ドマルスキー先生は父と同じ夢を抱いていたからだ。一方、わたしはドマルスキー先生をまったく好きになれなかった。ある土曜日のことだ。ドマルスキー先生は、自分がピアノを弾いて模範を示すのでピアノ椅子から退くようにと言った。そのとき、わたしの腕に触れたのだ。ドマルスキー先生は意図せずしてわたしの内出血に触ったため、わたしは思わず顔をしかめた。その反応に驚いたドマルスキー先生は、どうしたのかと訊ねた。そこでわたしは袖をまくり上げ、内出血を見せた。ドマルスキー先生は、わたしがどうしてこの傷を負ったのかをすぐに察知した。父の顔をまじまじと見たからである。苦笑いしたドマルスキー先生は次のように言った。

「世の中はそう単純じゃないよ。だけど、君がもう少し肉付きがよければ、打ち身にはならなかったはずだ」

それだけなら、わたしはドマルスキー先生を許しただろう。だが、その後も似たようなことがいくつもあった。ある日、ドマルスキー先生は次のようにわたしに断言した。

「僕は君のお父さんのことを少しはわかっている。君はときどき心ここにあらずだからね」

ドマルスキー先生は、父の態度を咎《とが》めることはせず、自分は父の共犯者だと認めたのだ。わたしをピアノ界の頂点に押し上げることによって、あらゆる名誉を手に入れようとしたのである。そして、わたしが犠牲になってもかまわないと判断したのだ。

ショパン・コンクールに優勝すれば、ピアノにすべてを捧げるプロのピアニストとして活動するしかない。わたしは怖かった。実際に、ショパン・コンクールの優勝者は、ドイツをはじめとするヨーロッパ諸国の複数のオーケストラと共演することになっていた。あちこちでコンサートをこなしながら暮らす人生は絶対に嫌だった。わたしは医師になる夢を諦められなかった。
ショパン・コンクールに備え、ドマルスキー先生は、わたしにショパンのピアノ協奏曲第一番を練習させた。パリ国立高等音楽学校の彼の学生たちが四月にコンサートを行なう際に、このオーケストラをバックに、わたしにこの曲を演奏させるつもりだという。

高校では毎週月曜日、保健師のマリオン先生が殴られた跡の診断記録を蓄積した。わたしのことをとても心配したマリオン先生は、わたしにそれとなく裁判のための心の準備をしておくようにと言った。マリオン先生は、わたしがひどく殴られる、あるいは拒食症が悪化するなど、取り返しのつかない事態になることを恐れた。夕方になるとマリオン先生は、わたしをこのまま帰宅させてもよいのか、父の虐待を通告すれば心の準備ができていないわたしは自殺してしまうのではないかと思い悩んでいた。

コンサート数日前の復活祭の土曜日、早朝からわたしは父とともにピアノの練習を開始した。わたしは不眠症のため疲れていた。一晩中眠れずにウォークマンでラジオの深夜放送を聴いていた。父がわたしの小さなラジオを壊してから、母は父に内緒で、わたしにウォークマンをプレゼントしてくれたのだ。
すぐに父は、ショパンのピアノ協奏曲第一番を、最初から最後まで通して弾くように命じた。

普段とは異なり、父はわたしの背後に立った。ピアノの背後だとピアノのボディに父の姿が映し出されない。父の様子が見えないと、父の暴力に備えたり、父の行動を予見したりすることができないため、わたしは身を守ることができない。不安が募った。父のことだけで頭がいっぱいになってしまい、暗譜が飛んだ。指はガタガタと震え始め、第三楽章の装飾を施す主題が混乱してしまった。父はわたしの髪の毛を鷲摑みにしてわたしの頭を鍵盤に叩きつけた。不協和音が鳴り響いた。父は、茫然としていたわたしを乱暴に放り出すと、ドアを思いきり閉めてプレイルームから抜け出した。プレイルームは静まり返った。わたしは身動きできなかった。数秒後、ドアが開いた。父は入って来るなり窓に向かうと雨戸を閉め、そしてプレイルームからふたたび出て行くと、今度は外からドアに鍵をかけてわたしを閉じ込めた。無言のわたしは、相変わらず身動きできずにいた。わたしは餌食になったのだ。父が階段を上り、そして下り、プレイルームに戻ってくる音が聞こえた。ドアが開くと、父はわたしに「お前をひどい目に遭わせてやる」と言った。

父の行動は支離滅裂だった。怒り狂った父はプレイルームを行ったり来たりした。わたしは死ぬのではないかと思った。この三日間がわたしの最期の週末になるのか。わたしは深く考えることもなく、生き延びようとする自分の本能に導かれて、窓と雨戸を開けて外に飛び降り、全速力で走った。近くのパン屋さんまで行って、助けてほしいとマリオン先生に電話するために走ったのだ。玄関のドアが開く音が聞こえた。振り返ると、わたしを追いかけて走る父の姿が見えた。雨戸が開く音を聞いたのだろう。父はわたしに追いついた。外には誰もいなかった。近所の人は誰も見ていなかった。大声で叫んで家の中にいる近所の人びとの注目を集めようとしたが、声がまったく出なかった。観念したわたしは、髪の毛を引っ張られながら家に戻った。いずれにせよ、わたしが父から逃れるチャンスなど、まったくなかったのだ。

家に戻るとすぐに、父はタイル張りの玄関にわたしを叩きつけた。父は一方の手で腹這いになったわたしの頭を床に押し付け、もう一方の手で背中にまわしたわたしの両手を押さえつけ、自分の膝をわたしの背中に押し当てた。わたしは完全に押し潰された。意識は朦朧とした。母とマリーは、乱暴はやめてと父に懇願したが、わたしには抵抗する気力さえなかった。数分後、父はわたしに、反抗せずにピアノの練習に真剣に取り組む気があるのかと訊ねた。わたしの返事を待たずに父はわたしから手を離した。こうしてわたしと父は、ピアノの練習のためにプレイルームに戻った。

月曜日の朝、パンを買いに行くと偽って、公衆電話からマリオン先生に電話をした。わたしはその週末に起きた出来事をマリオン先生に報告した。父の虐待を通告する心の準備はできたと伝えた。もう家には戻りたくなかった。

その日の午後、父は、仕事の書類整理のために数時間不在だった。そこで、マリオン先生とわたしは、わたしの家からさほど遠くない中心街にある人気《ひとけ》のない駐車場で午後に会う約束をした。マリオン先生は、わたしの殴られた跡を診ることのできる当直医を見つけてくれた。わたしたち言ったはしっかりと話し合った。マリオン先生は、翌日に高校で父の虐待を通告する手続きを取ると言った。

あと数時間、耐えればよいのだ。

19　身体検査

その年、保健師のマリオン先生は、父には連絡せず、母を高校に何度も呼び出した。まず、マリオン先生はわたしの体重減少について話し合おうとした。母は、わたしの体重の激減と、わたしがあまり食べないことは知っていた。しかし母は、わたしのことを拒食症ではないと主張し、マリオン先生は少し大げさなことを言う人だと思ったようだ。とはいうものの、母はわたしが心理カウンセラーと会って拒食症について話し合うことには同意した。

母はマリオン先生との面会を重ねるにつれて、わたしに関する家庭内の問題をマリオン先生に語るようになった。マリオン先生との面会は、わたしの場合と同じように、母にとっても初めて精神的に解放される機会だった。わたしと同様に、長年にわたって積もり積もった沈黙と苦悩が、たくさんの言葉と溢れる涙とともに噴出したのである。

だが最初のうち、母の態度は曖昧だった。母は、わたしの苦しみをよくわかっていたものの、自分の夫のことを虐待者とはみなせなかったのだ。おそらく、自分の罪悪感を和らげるために否定したかったのだろう。真実を直視するのは、あまりにも難しかったに違いない。母はマリオン先生に対し、わたしは類いまれな才能に恵まれたピアノの神童なのだと説明した。母によると、熱心な父は、わたしが十八歳になったときに、プロのピアニストになるのか、それとも学業を続けるのかを、自分で決めさせるつもりだと考えているという。

「わたしの夫は、すべての時間を娘とともに過ごす理想的な父親です。仕事から戻るとすぐにセリーヌのピアノの練習に付き合っていました。休息を取ったりヴァカンスに出かけたりすることもありませんでした。どうしたらよいと言うのですか。夫はそういうふうに育ったのです。夫が技術者になり、社会人として素晴らしいキャリアを築いたのも、夫の父親の厳しい教育のおかげです」

母はそれまで、家庭の事情を誰にも打ち明けられなかった。孤独感と無力感に苛まれていた母には、父と別れようとする力がなかった。第一の理由は、離婚すれば子どもたちの親権を失ってしまうと考えたのだ。第二の理由は、母はそれでも父を深く愛していたのだ。マリオン先生と母との面会は、殴られた跡の診断の後に行なわれることが多かった。面会を重ねるにつれ、マリオン先生はこの深刻な状況を母に少しずつわかってもらうことに成功した。

復活祭の週末後、高校の授業が始まった。マリオン先生はわたしを待ちかまえていた。虐待の通告と、通告がわたしにもたらす影響について、しっかりと話し合った。マリオン先生によると、通告が裁判官に届くと、わたしは家族から引き離されるだろうとのことだった。マリオン先生は、母の親族でわたしを受け入れてくれる人はいるかとわたしに訊ねた。思いついたのは、母の妹のクリスティーヌだけだった。クリスティーヌとはあまり会ったことがなかったが、わたしは彼女のことが大好きだった。わたしたち家族が〔クリスティーヌの暮らす〕フランス東部に出かけることは稀で、行ってもいつも父の親族の家に泊まっていた。母は、自分の親族のところへは挨拶に立ち寄るのがせいぜいだった。

叔母クリスティーヌにとって、わたしたちの状況は青天の霹靂だったようだ。というのは、それまでわたしも母も、自分たちの家庭内のことはまったく話さなかったからだ。火曜日の午後、マリオン先生はクリスティーヌと連絡を取り、状況を説明した。クリスティーヌは仰天した。精神的にショックを受けたクリスティーヌは、わたしが施設に入れられるのなら自宅に引き取ると、すぐさま承諾してくれた。クリスティーヌの家で新たな生活を始めるというアイデアに、わたしは胸を膨らませた。それまでは虐待の通告が引き起こす影響についてほんの少し心配していたのだが、クリスティーヌの家で暮らせると思うと、救われた気分になった。彼女の家での暮らしは、ずっと穏やかで愉快だろうと思ったのである。

クリスティーヌに電話した後、マリオン先生はふたたび母の説得にあたった。母は、自分ではわたしのことを守ってあげられないと、涙ながらに初めて認めた。先週末の出来事は母にとって衝撃だったのだろう。なぜなら、それまで母は、父がわたしに暴力を振るう現場に居合わせたことがなく、わたしは父の暴力について母に話さなかったからだ。わたしが話さなかったのは、母を守るためであり、母を苦しめないためだった。

しかし、父が怒りを制御できなくなり、怒りを露わにするようになってからは、母とマリーは虐待の現場を目にするようになった。マリオン先生の保健室で母は、この暴力を止めるには通告するしかないと確信した。そうはいっても、母は父を裏切ることになると思い悩んでいたのである。

わたしの承諾を得てから、マリオン先生は、通告して訴訟を起こすために、校医、高校の社会福祉士、わたしを診てくれた心理カウンセラーらに集まってもらった。

翌朝、目を覚ますと、わたしは恐怖におののき、取り乱した。虐待の通告を承諾したことを心から後悔したのだ。父を裏切り、そして自分の家族を崩壊させてしまうと思ったのだ。父は、わたしをひと目見ただけでわたしが通告したと見抜き、わたしを殺すだろう。もし父が裁判にうんざりすれば、父は自殺するかもしれない。

それまでのわたしの人生は、ピアノの楽譜のようにあらかじめ定められたものだった。そのようなレールの上に乗った人生は、恐ろしいものであっても、ある種の安心感を醸し出していた。この通告により、わたしは未知の領域に踏み込んだのだ。

通告は木曜日の昼に検察官に対してなされた。わたしたちはその翌日に出頭するよう命じられた。翌金曜日、朝早くからスイスへ出張しなければならなかった父は、通告のことなど知るよしもなかった。高校に登校する前に、母とわたしは、身のまわりのものを入れた小さな鞄を用意した。わたしは、母と一緒に未成年保護班のところに行かなければならなかったのだ。だが、母と一緒に家に戻ってこられないことはわかっていた。パニックと安堵が入り混じった形容しがたい気持ちを覚えた。受難の日々は終わり、クリスティーヌの家で安楽な暮らしが送れるのだと自分に言い聞かせた。同時に、母とマリーには心底申し訳ないことをしたと痛感した。わたしが家を出ることによって、母とマリーがどれほど悲しむかと思うと、わたしの胸は痛んだ。

家から離れて暮らす準備ができると、母は高校まで車で送ってくれた。高校に着くと、マリオン先生が待っていた。そこには、エステール、ローレンス、オーレリー、ロール、シルヴァンもいた。かれらはわたしにさよならを言い、ボードレールの詩を添えた手紙をくれた。わたしはこのボードレールの詩が好きだった。その詩はわたしの気持ちを表わしていたからだ。

わたしの青春時代は、暗い嵐が吹き荒れただけ

明るい陽射しがときどき差し込んだにすぎない
雷雨が吹き荒れたため
庭には、果実がほとんど残らなかった

〔「敵」〕

友人たちと別れのキスをしてから、車にふたたび乗り込み、警察の未成年保護班のもとに向かった。

20　事情聴取と最初の受け入れ先

保健師のマリオン先生、母、そしてわたしは、警察の未成年保護班で個別に事情聴取を受けた。わたしは男性職員のいる部屋に通された。この男性職員の横には、役割はわからなかったが一人の若い女性が座っていた。

事情聴取はわたしの身元確認から始まった。厳粛かつきわめて事務的な雰囲気だった。男性職員はわたしの顔も見ず、わたしが語ったことをパソコンに打ち込んでいた。

身元確認などの形式的なやりとりが終わると、男性職員は家で起きたことを語るようにと命じた。一日に何時間ピアノの練習をしていたのか、ピアノは好きだったかなどの男性職員の質問にしぶしぶ答えている間、自分の肉体から抜け出したわたしが、部屋の高みからこの光景を眺めているという奇妙な気分になった。通告に対する心の準備ができていなかったわたしは、マリオン先生に打ち明けたことをとても後悔していた。わたしは怯えた。男性職員が示したわずかな同情では、わたしは安心できなかったのだ。

次に男性職員は、わたしが過去三年間に受けた仕打ちについて詳細に語ってほしいと言った。わたしは、なぜ過去三年間なのかと訝《いぶか》しく思った。あとの十一年はどうでもよいのか。そのときわたしは、児童虐待に伴う暴力行為は三年で時効になることを知らなかった。いずれにせよ、わたしは通告などしなければよかったと後悔した。そこで事情聴取を早く切り上げようとした。椅子に座ったわたしは、時間が経つにつれてますます縮こまった。この男性職員の前では、わたしが日常的に蒙った暴力の四分の一さえ話す気になれなかった。

事情聴取は、わたしにとって途方もない試練だった。わたしは深い罪悪感を覚えた。わたしが通告したために面倒な状況に陥る父と、隣の部屋で事情聴取を受けている母に対して、自責の念に駆られた。警察官たちが母に厳しい態度で接し、事情もわからないのに母を責めるのではないかと、とても心配だった。たしかに母は離婚しなかった。子どもたちを抱えて家を出て行かなかった。しかし、母は陰でわたしをずっと支えてくれた。わたしが穏やかに過ごせるように、母なりに一所懸命にやったのだ。母はいつもわたしのことを思ってくれていた。母がいなければ、わたしはとうの昔に死んでいただろう。母が家を出なかったのは、家を出られなかったからだ。自分に自信がなく、父に逆らう勇気がなかったのだ。そして父を愛していたため、いつの日か父が態度を改め、状況が改善されると願っていたのだ。父の絶大な力を前にした母は、次第に無力な人間になってしまった。時が経つにつれて、父は、子どもたちの教育は母には無理であり、父だけが正しい教育法を心得ていると、母を納得させてしまったのだ。母は事態の深刻さを察知できなかったが、それはわたしが母にほとんど報告しなかったからでもある。父とわたしは、ほとんどの時間をプレイルームで過ごしていた。わたしは母に不満をまったく言わなかったので、母はプレイルームで何が起きているのかを知らなかった。母は事態の深刻さをようやく理解し、たいへん悔やんでいた。母は、思いやりのある夫、優しい父親、幸せな子どもたちという、理想の家庭をつくることを切望していたのである。それなのに、わたしと母は警察署の殺風景な部屋で未成年保護班から事情聴取を受ける羽目に陥ったのである。しばらくすると、わたしは小さな鞄を持ってどこかへ行ってしまう。わたしと母は父を裏切った。そして母は、たった独りで車に乗って家に戻ることになる。母の夢は砕け散ったのだ。

わたしたちは警察の待合室でふたたび顔を合わせた。だが、誰も口を開こうとしなかった。無力感に包まれていた。すると突然、何かとても重大なことが起きたような雰囲気になった。事務所から職員たちが出てくると、かれらの一人は未成年保護班の入口のドアに鍵をかけた。別の職員は廊下の奥の部屋に移動するようにわたしたちを誘導し、その部屋のすべてのシャッターを下ろした。マリオン先生が「何かあったのですか」と訊ねると、その職員は、「セリーヌの父親がわれわれのところに向かっているようです」と答えた。

愕然とした。母とわたしはパニックに陥った。父は週末にかけてスイスへ行ったはずだった。父は、どうやってそれほど早く戻ってこられたのか。警察官たちによると、父が水疱瘡《みずぼうそう》に罹って家で安静にしている妹マリーに電話したところ、マリーが父に、母とわたしは警察の未成年保護班のところに行ったと伝えたようだという。

わたしたちは不安に苛まれながら、長い時間をその部屋で待機しなければならなかった。わたしは、ピストルを持った父が怒り狂って、未成年保護班の前でわたしたちを殺そうとするのではないかと怯えた。職員たちがわたしたちを安心させる態度を取らなかったため、わたしはもう何もかもおしまいだと観念した。すると、未成年保護班の班長代理がわたしたちの前に現われた。班長代理は、父はまだ到着していないが、わたしはどこか別の場所に避難したほうがよい、と言った。

母と別れるのはとても辛いことなのに、別れの瞬間が突如として訪れたのである。わたしたちは別れを惜しむこともできなかった。互いにどれほど愛し合っていたか、そしてどれほど心配していたかを言い交わす時間はなかった。わたしはすぐにその場を離れなければならなかったのである。

わたしは、泣きじゃくる母と顔面蒼白のマリオン先生を残し、そこから立ち去った。班長代理に付き添われて駐車場まで行った。班長代理は同僚と一緒だった。かれらはわたしに、外から姿が見えないように車の後部座席に横たわるようにと命じた。大急ぎで駐車場を出発したわたしたちは最寄りの病院を目指した。実際には、父はそこには現われなかっただけに、それはできそこないのアメリカ映画の一場面のようだった。わたしと母が思っていたように、父はスイスにいたのだ。父がマリーに電話したのは確かだ。だが、未成年保護班が建物のドアを厳重に施錠し、シャッターを下ろすなどしてわたしたちの不安をさらに高めたのは、電話の内容を間違って解釈したからだった。

21　匿名でかくまわれる

警察官たちはわたしを小児科へ連れて行った。そこにはわたしの部屋が用意してあった。警察官たちはベッドの上にわたしの鞄を置いたかと思うと、わたしを独りぼっちにしてどこかに行ってしまった。

わたしは四号室の匿名患者になった。わたしの名前はどこにも記されていなかった。それは、わたしがどこにいるのかを父に知られないようにするためだった。わたしの施設への入所は、検事の判断に基づき秘密にされ、その後、仮決定が下された。要するに、わたし一人だけが父の反応を恐れたのではなかったのだ。

入所当初は戸惑ったが、そこのスタッフたちはとても親切だった。わたしは泣き暮れた。母からは何の連絡もなかった。マリーそして父からも連絡がなかった。かれらに何かが起こったのではないかと恐ろしく不安になった。母が恋しくてたまらなかった。独りぼっちで絶望した状態だったが、ソーシャルワーカーのコリーヌがよく会いに来てくれて、わたしの話し相手になってくれた。また、補助看護師たちはわたしを励ましてくれた。

わたしは、小児科病棟に長い間入院している子どもたちと次第に友達になった。わたしたちは小さなグループをつくり、いつも一緒にいた。かれらと一緒だと、時間が経つのが早く感じられた。三号室には、骨結核に罹った六歳の女の子レイラがいた。レイラはコルセットがとても苦しそうだったが、いつも笑顔だった。わたしの一週間後に来たフランクは、パニック発作を抱えた九歳の男の子で、彼も匿名で保護されていた。入院してからフランクは、自分の部屋の押し入れの中で体を丸めて日々を過ごしていた。アニエスはわたしと同年齢で、ちょっと不思議な感じのする女の子だったが親切だった。アニエスは、どうすれば自分を傷つけられるかを考えていた。自分の血が流れるのを見たくてたまらなかったのだ。そんなアニエスはわたしたちを少し不安にさせた。そして、三回目の自殺未遂で入院した十四歳のトーマという男の子がいた。トーマは薬物で自殺を図ったという。われわれには共通点はほとんどなかったが、仲良しになった。

わたしたちは、マナウ〔一九九八年に結成されたフランスのヒップホップ・グループ〕の「ダナの一族」という曲が大好きになり、テレビでこの曲が流れると、病棟は陽気な雰囲気に包まれた。一九九八年のワールドカップ・サッカーもわれわれの気分を明るくした。フランス・チームが勝ち上がるにつれて、フランス・チームの大ファンになったわたしたちは、一試合も見逃さなかった。フランス対イタリアの一戦は生涯忘れないだろう。その日、テレビで試合を観ているとき、フランクの笑っている姿を初めて見た。もちろん、ワールドカップ・サッカーは単なるスポーツの試合だが、このスポーツイベントに熱狂したおかげで、わたしはこのひどい困難を乗り越えられた。

サッカーの試合以外にも、ソーシャルワーカーのコリーヌがわたしたちを病院の庭に連れ出し、気分転換させてくれた。コリーヌは、テーブルゲーム、絵画教室、読書会などを企画してくれた。相変わらず心は傷んだが、わたしは少しずつ穏やかな気分になった。

わたしの居場所を秘密にしなければならないという理由から、一人で外出することは許可されていなかった。また、母やマリーと連絡を取り合うことも駄目だった。わたしに課せられた孤独は不当であり、耐えがたく息が詰まりそうだった。定期的に連絡をくれたのは保健師のマリオン先生だけだった。マリオン先生のおかげで、わたしは家族のちょっとした近況を知ることができた。

マリオン先生によると、父は未成年保護班に呼び出され、警察官たちはもう一度、母の事情聴取を行なった。父と母は事情聴取を受けた後、警察留置措置〔罪を犯そうとしたと疑うに足りる者を捜査のために警察庁舎に留置する措置〕を受けた。しかしながら、ひとつ問題があった。十一歳のマリーは、水疱瘡で自宅療養中であり、マリーを家で独りぼっちにしておくことはできなかったのである。そこで、父と母の警察留置措置が終了するまでの間、マリーを一時滞在施設に預けるために、二人の警察官がマリーを迎えに行った。ところが、二人の警察官が家に行くと、飼い犬のハイドンが大声で吠えた。警察官はドアの呼び鈴を何度も鳴らしたが、マリーは返事をしなかった。二人の警察官はマリーと接触できなかったため、母がマリーの世話をするために、母の警察留置措置を解除せざるをえなかったという。

父は事情聴取の際、容疑を次のように全面的に否認した。

「娘がピアノの練習をたくさんしたのは事実だが、それは娘に素晴らしい天賦の才があったからだ。わたしが娘に暴力を振るうことはなかった。いや、ほとんどなかった。稀にそのようなときは、いつも充分に手加減して鞭打ちを行なった。わたしの態度は誤って解釈されている。娘が痩せているのは、パリ地域に引っ越して新たな環境に馴染めなかったからだ。娘は憂鬱になり、友達にも会いたくない様子だった」

父はすべてを巧みに説明した。

殴られた跡の証拠があり、母がわたしの供述を認めたにもかかわらず、わたしは父との対質尋問〔供述が食い違う場合、両者を相対させて尋問すること〕に出席しなければならなかった。対質尋問は、父の警察留置措置の解除後に行なわれることになった。そのような試練が待ち受けているとは思ってもいなかった。わたしが対質尋問に出席しなければならないことを病院の心理カウンセラーから聞くまでは、そんなことが行なわれるとは想像さえしていなかった。心理カウンセラーは、わたしが対質尋問中に精神的に参ってしまわないように、それがどのように進行するのかを少し説明してくれた。心理カウンセラーの説明を聞いて緊張がほぐれるどころか、わたしはこの決定に逆上した。わたしは父と面と向き合うのを恐れた。最悪の事態に至れば、怒り狂った父はわたしに襲いかかり、わたしを殺すのではないか。

心理カウンセラーの説明を聞いた翌日の正午過ぎ、わたしをふたたび未成年保護班のところへ連れて行くために、二人の警察官が迎えに来た。到着すると、初日に会った班長代理がいた。彼がわたしを部屋に通すと、そこには背中を向け合う二人の職員がいた。一人は窓を向き、もう一人はドアの近くにいた。わたしは班長代理の指示に従い、ドアに背を向けて着席した。不安が最高潮に達した。班長代理はわたしの目線に合わせるためにしゃがみ込み、これから起きることを説明した。

「セリーヌ、これから君のお父さんにこの部屋に入ってもらう。君がお父さんの顔を見たくなければ見なくてすむように、お父さんには君の後ろの席に座ってもらう。君とお父さんの間にはわたしがいるので、お父さんが君に触れるようなことはないからね。君の供述を再読するけど、ときどき読むのをストップして供述の内容を君に追認してもらう。君のお父さんにも君の供述したことを説明してもらう。わかったかい？」

理解はできたものの、収拾のつかない事態になるのではないか。今まで誰もわたしを守ってくれなかったではないか——。数分後、廊下から足音と手錠を外す音が聞こえた。それは生まれて初めて独房で過ごした父だとわかった。父が部屋に入って来たとき、父の姿を見るために後ろの席を密かに振り返った。父はネクタイと靴を取り上げられ、顔面は蒼白だった。わたしは罪悪感に苛まれた。父はもう一人の職員とともにわたしの後ろの席に座った。父はわたしの背中しか見えなかったはずだ。わたしは、この対質尋問が無事に終わってほしいと祈りながら窓を眺めた。息苦しかった。一触即発の状態になった気がした。

先ほどの説明のとおり、班長代理は父とわたしの間に立ち、わたしの供述を読み上げ始めた。他人がわたしの供述を朗読するのを聞かされることは、苦痛であり恥ずかしかった。供述の一場面一場面を思い出した。班長代理は朗読をときどき止め、わたしが語ったことは事実なのかどうかを父に冷淡に訊ねた。

「それではラファエルさん、あなたは、自分の娘さんの供述はすべて嘘だと思っているのですか？　ご自分の娘さんをご覧になりましたか？　娘さんはとても苦しんでいます。あなたが何もしていないにもかかわらず、娘さんがそのような状態になったとお考えですか？」

班長代理に対し、父は「自分の供述を維持します」とだけ答えた。

「ラファエルさん、あなたの娘さんの供述の朗読を続けます。「わたしの父は、ベルトでわたしの背中やお尻を定期的に叩き、わたしに服を脱ぐように命じた。また、底の硬いプラスチックのスリッパでもわたしを叩いた……」。自分の子どもにそんなひどいことをする父親がいますか？

ラファエルさん」

「自分の供述を維持します」

「暴力を受けたという証拠がこれだけ揃っているのです。それでは、あなたは娘さんが自分で自分を傷つけたとお考えですか？」

「ちょっと待ってください。たしかに、わたしはセリーヌを叩きました。なぜなら、娘は難しい年頃で反抗期だったからです。しかし、わたしはいつも充分に手加減して叩きました。問題は、娘はちょっとしたことで内出血して痣《あざ》ができてしまう体質だということです」

わたしは父の答弁に打ちのめされた。父はわたしの供述を全面否定したのである。聞くに堪えなかった。父の全面否定に怒りがこみ上げてくる反面で、ひょっとしたら父は罰せられることになるのではないかと怖くなった。とにかく、わたしは事実を述べたのだから、自分の供述をすべて追認した。

わたしはこの非公開の対質尋問に精神的に耐えられなくなった。父とわたしの間に班長代理がいても安心できなかった。いつ何時、怒り狂った父がわたしに襲いかかってくるのではないかと怯えたのだ。わたしはまるで追いまわされて罠にはまった動物になったような気分だった。突然、目の前がぼやけ、全身から汗が噴き出した。意識がぼんやりとし、気分が悪くなった。わたしの様子に気づいた班長代理は対質尋問を終了させた。班長代理は父から先に退出するように命じた。

「娘さんに何か言うことはありますか？」

「ありません」

父が部屋を出ると、手錠をはめる音がし、警察官に連行されて遠ざかっていく父の足音が聞こえた。

22　ホストファミリー

病院の小児科病棟で実質的に三か月を過ごしたわたしは、日増しに元気になった。アニエスとトーマはしばらくして退院したが、フランクとレイラはいつもわたしと一緒だった。年齢差はあったが、わたしたちは親友になった。

保健師のマリオン先生は定期的に電話をくれて、わたしを励ましてくれた。わたしにとってはマリオン先生の電話だけが外界との繋がりだった。

入院中、母には一回しか電話できなかった。もちろん、こっそりとである。母は、自分とマリーは元気にしていると言って、わたしを安心させてくれた。そして家の様子を教えてくれた。対質尋問の後、父の警察留置措置は解除され、父は予審判事が命じる司法統制処分のもとで自由の身になった。父はすぐに、わたしをなんとしても取り戻すために弁護士を雇った。父はわたしのせいだとは考えず、冤罪被害者になったと思ったようだ。父はマリオン先生と未成年保護班が情緒不安定なわたしを説き伏せて供述させたと信じていた。父はわたしを取り戻すことだけを考えているようだった。

七月の朝、わたしの部屋をノックする音がした。

ドアを開けると、そこには四十歳代の褐色の肌の女性が立っていた。中髪の彼女は小さなアタッシュケースを手にしていた。

「おはよう、セリーヌ。わたしは、児童社会福祉支援機関（ＡＳＥ）の指導員のボルノです。あなたを迎えに来たのよ。今からあなたをホストファミリーのところに連れて行くわ」

しばらく茫然となったわたしは泣き出した。ようやくここの暮らしに慣れ、心穏やかに過ごし、友達ができたのに。それなのに、わたしの生活をまたしてもめちゃくちゃにするために、この女性は突然どこからともなく現われたのだ。わたしはトイレに行くふりをしてトイレに閉じこもった。ホストファミリーのところではなく、叔母クリスティーヌの家に行きたかったのだ。マリオン先生は、わたしがクリスティーヌの家に行けると約束してくれたではないか。

知らせを受けた小児科の医師たちは、ボルノ指導員としばらく話し合った。出発の心の準備ができるまで、わたしは病院に置いてもらえることになった。ボルノ指導員は三日後に戻ってくることになった。

三日後、皆にお別れの挨拶をした。小児科を離れるのは心が潰れる思いだった。今後、何が起きるのか皆目見当がつかなかった。クリスティーヌのところに行けると思っていただけに、とても悲しかった。

車で一時間くらい移動すると、わたしたちはパリ西部の殺風景な団地に到着した。車を駐車すると、われわれは貧相な建物群を通り抜け、スプレーの落書きだらけの暗い小さな玄関ホールに入って行った。玄関ホールにある郵便受けの大半は壊れ、廊下はごみだらけ、廊下の照明の半分は電球が外されていた。ここには陰鬱な気分になる条件がすでに整っていた。

四階に上ると、ボルノ指導員は四つあるドアのひとつの呼び鈴を鳴らした。するとスカーフをかぶった女性が出てきた。ボルノ指導員は、わたしにマームディ婦人を紹介した。少し太めの四十歳代のマームディはわたしを笑顔で迎えてくれたが、少しよそよそしい感じがした。マームディには十六歳の双子の娘たちがいた。母親よりも気さくな雰囲気の娘たちは、すぐに明るく挨拶してくれた。

引き合わせが終わるや否や、ボルノ指導員はわたしの鞄を居間に置き、いつわたしを迎えに来るのかも言わず、自分の連絡先も告げず、そそくさと立ち去った。あっという間の出来事だった。

すぐに双子の一人がアパートメントの中を案内し、わたしのベッドを見せてくれた。わたしは彼女の部屋で寝ることになったのだ。

アパートメントはとても小さかったが、居間は素敵で温かみを感じた。L字型の大きなソファーがあり、床には美しいカーペットが敷いてあった。中央には背の低い丸いテーブルがあり、昼食や夕食にはこの丸テーブルを囲んでタジン鍋〔北アフリカの鍋料理〕を食べるために皆が集まった。

マームディの家族は感じのよい人びとだったが、毎日がひどく長く感じられた。ボルノ指導員の命令で、わたしは外出できなかった。わたしがここにいることは秘密にされていたので両親が来ることはなかったが、ボルノ指導員はわたしが両親に会いに行くのを恐れたのだ。ここに幽閉されるのは耐えがたかった。外の気温は三十度を超えていたため、アパートメントの中はボイラーのように暑苦しかった。日中は読書をしたり、テレビを観たりして過ごした。ここでもまた、ワールドカップ・サッカーのテレビ観戦で気を紛らわした。

双子の娘たちは家にあまりいなかった。父親も同様だった。よって、わたしはマームディと、マームディが定期的に預かる五歳の男の子と一緒に過ごすことが多かった。マームディはフランス語をほとんどしゃべらないため、意思の疎通はきわめて困難だった。孤独感に悩まされるわたしを救ってくれたのは、叔母クリスティーヌからの電話だけだった。クリスティーヌは、わたしがもうすぐ彼女の家に行けるはずだと励ましてくれた。

時間が経つにつれ、わたしはこの新たな家族に順応しようと努力した。いずれにしても、わたしがこの家にどのくらい滞在することになるのかは、まったく知らされていなかった。わたしとマームディは次第に仲良くなった。不眠症のマームディは、夜は長い間、テレビの前で過ごしていた。アラビア語のテレビ・チャンネルの番組を観ていたのである。番組の内容がまったくわからなくても、わたしは彼女のそばに座っているだけでうれしかった。わたしたちは、単語とジェスチャーで少し会話をしようと試みた。アラビア語の文字と便利な単語をいくつか教えてほしいと頼むと、彼女は喜んで教えてくれた。アラブ風のパンやタジン鍋などアラブの伝統料理をつくるとき、彼女はわたしを台所に呼んでつくり方を教えてくれた。彼女がわたしに優しく接してくれたおかげで、辛さは少し和らいだ。

マームディの家に滞在中、わたしに弁護士が付いたと知った。未成年者保護が専門のブノワ弁護士は、女性の国選弁護士だった。未成年者事件担当の裁判官が審理を開くたびに、彼女はわたしに同席することになった。

わたしのことなどてっきり忘れてしまっていたに違いないボルノ指導員は、八月末に突然現われた。彼女は、わたしがボタニ裁判官という女性に会うために、大審裁判所へわたしを連れて行かなければならなかったのだ。

わたしがボタニ裁判官に会う目的は、わたしの保護措置期間の更新と、わたしの滞在先をこれまでどおり両親に秘密にしておくこと、そしてわたしを訪問する権利を両親から奪い続けることだった。それはわたしにとって耐えがたいことだった。母に会えないどころか電話さえもできないのだ。クリスティーヌの家で暮らし始めるのもまだ無理な様子だった。わたしはひどく落胆した。家では父の操り人形だったが、今のわたしは、司法制度に飲み込まれた、番号が振られた訴訟事案のひとつにすぎなかった。裁判官との話し合いで、わたしの気持ちや願いが顧みられることはまったくなかった。

新学期が始まる直前、ボルノ指導員がマームディの家に現われた。彼女が現われたのはこれで三回目だった。病院に初めて現われてホストファミリーのところに行くと突然言いだしたときと同様に、わたしを別の場所に連れて行くから迎えに来たとだけ述べ、またしてもわたしに行き先を告げなかった。荷物をまとめ、マームディとお別れの挨拶を交わし、また移動することになったのである。

23　児童養護施設

移動の車中で、ボルノ指導員は、「子ども会館」という緊急養護施設に行くのだと説明した。この施設には九か月間しか滞在できず、最大で八名しか同時に入所できないという。そこはマームディのアパートメントから数キロメートル離れたところにあり、こぎれいな小さな家だった。施設の外観はほかの住宅と変わらず、家の中は子ども持ちの家庭のような雰囲気だった。居間に掲げられた額縁がなければ、ここが養護施設だとは誰も思わないだろう。額縁の中には指導員たちの顔写真があり、その隣にはかれらの当番表が貼ってあった。

わたしたちが到着したとき、指導員のソフィは「児童センター」〔休日や休暇に幼稚園児や小学生を預かる場所〕へ子どもたちを迎えに行くところだった。したがって、挨拶はあっという間に終わった。わたしは新たな部屋に荷物を置くと、ソフィと一緒に小型トラックに乗って児童センターへ出発しなければならなかった。これまでと同じように、ボルノ指導員はすでにその場から姿を消していた。

初日の夕飯時に、この施設の子どもたちと、その日は宿直だった指導員のアンヌに会った。アンヌはこの施設で働くベテラン職員だった。アンヌは、第一印象では厳しく冷たい人だったが、次第に子どもたちに配慮する優しい人だとわかった。

九歳のベルトラン、十歳のケヴィン、十六歳のクリステル、そしてクリステルの妹で四歳のジュリエがいた。かれらはわたしを歓待してくれた。

わたしはクリステルとジュリエの部屋で寝ることになった。わたしたちはすぐに仲良しになった。クリステルは自分と同年齢のわたしとおしゃべりができると喜んでいた。わたしは独りぼっちではなくて安心した。

この施設に入ったとき、夏休みがまだ三週間残っていた。指導員たちは、夏休みの間くらいは子どもたちの面倒を見るのを勘弁してほしいと思ったのだろう。かれらは、わたしの意思を訊ねることもなく、ほかの子どもたちと同様にわたしを児童センターに登録した。高校二年生〔中等教育後期第一学年〕になるわたしは、月曜日の朝からベルトランやケヴィンら十歳くらいの子どもたちと一緒にハンカチ落としやシャボン玉遊びをすることになったのである。一方、クリステルはブティックで見習いをしていたので、児童センターには来なかった。二日間の森林キャンプにも参加させられ、新学期が始まる数日前に高校生のわたしの児童センター通いは終わった。

それまで通っていた高校には戻れなかったため、わたしはポワンカレ高校の二年生になった。この高校は子ども会館から自転車で一〇分の距離だったので、誰にも頼ることなく通学できた。四月以降、わたしはようやくちょっとした自由を手に入れたのである。

高校の新学期が始まった。高校の先生たちはとても親切で、すぐにサンドリーヌという女の子と仲良くなった。最初のうち、わたしは県厚生局（DDASS）〔虐待された子どもたちを保護する当局〕の世話になっている女の子とみなされるのが嫌で、自分の身の上を誰にも明かさなかった。先生たちはわたしの事情を知っていたはずだが、ほかの生徒と分け隔てなく接してくれた。真面目に勉強したので、全教科にわたって成績はよかった。わたしの心配は杞憂だった。充実した日々を過ごせたのである。サンドリーヌという親友の存在は大きかった。サンドリーヌはユーモア溢れる女の子で、彼女とおしゃべりしていると、時間があっという間に過ぎた。わたしとサンドリーヌに、セバスチャン、アンヌ、クレール、ローラン、アニエス、ギヨームが加わり、仲良しグループができた。かれらのそばにいると、普通の高校生になった気分がして、とても幸せだった。わたしたちは先生たちとも非常に親しかった。われわれ全員が成績優秀で、クラスのトップ集団だったからだ。わたしたちの間にはちょっとしたライバル意識があり、それが励みになって互いに切磋琢磨した。

新学期に入り、子ども会館にいたベルトランとケヴィンが自分たちの家に戻った。かれらに代わってシリーヌとママドゥが入所した。

シリーヌは十歳の女の子で、一人親家庭の父親の経済状況が安定しないため、ここに入所した。とはいっても、シリーヌは毎週末、自宅に戻っていた。十一歳のママドゥと彼の母親は、コンゴ民主共和国の戦争から逃れるためにフランスに不法入国した。ママドゥは心身に傷を抱えていた。悪夢にうなされ、両脚には被弾した傷跡があった。ママドゥの母親はすぐにフランス政府から滞在許可を得たが、職が見つからなかった。ママドゥと母親はきわめて不衛生な状態で暮らしていた。そこで母親は、ママドゥと暮らすためのアパートメントと職が見つかるまでの間、ママドゥを児童養護施設で預かってもらうように役所に願い出たのである。

クリステルとジュリエは、相変わらず子ども会館にいた。彼女たちは性的虐待の罪に問われた父親から引き離されたため、ここにいた。クリステルが最初の犠牲者で、彼女は幼い頃から父親の性的虐待を受けていた。父親はクリステルに抗不安薬を与え、思考を麻痺させ、自分に従順にさせておいてから性的虐待を繰り返していた。クリステルは子ども時代、この忌まわしい秘密を抱えて暮らしていた。クリステルは、父親が妹にも性的虐待を始めたと知って、妹を助けるために父親を告発する決意を固めたという。クリステルは意志の強い女の子だった。いつも笑顔で少し跳ねっ返りの彼女に、そのような悲惨な過去があるとは思いもよらなかった。彼女は商業高校で職業適性証書を取得してからすぐに就職しようと計画していた。就職すれば妹の養育費を賄えるし、妹が成人するまで妹の後見人になれると考えたのだ。

父親の性的虐待による精神的な影響は、四歳のジュリエのほうが深刻だったようだ。押し黙ったままのジュリエは、自分の人形たちを手荒く扱い、とくに生殖器の部分をめちゃくちゃに傷つけていた。ところが、クリステルの告発とジュリエの精神疾患にもかかわらず、裁判官は父親に対し、週末を二人の娘たちと一緒に過ごすことができる権利を認めたのだ。驚いたことに、この決定に誰も抗議しなかったという。

自宅を離れて以来、わたしは絶えず母に対する批判を耳にした。母は離婚しなかったではないか、母は黙認したのだ、母はわたしを守らなかった、などである。ある日、わたしの居所を知りたいと言った母に対し、ボルノ指導員は「われわれは、少なくともあなたの娘さんを叩いたりしないわ」と言い放ったという。

しかしながら、この子ども会館では、わたしはあまり安心して過ごせなかった。指導員たちは仕事と割りきってそこにいるだけであり、わたしたちを手助けしようとする意思はまったくなかった。経験豊かで献身的な一部の指導員を除き、ほとんどの指導員には子どもたちの世話をする能力がなかった。アイーダは、子どもたちのことよりもまず自分たちのことを心配する典型的な指導員だった。アイーダがわたしに親切ではなかったというのではない。わたしはアイーダとはたわいもない会話しか交わさなかった。それはきわめて表面的な人間関係だった。ある晩、アイーダが宿直だったとき、地下室で爆発音がするのが聞こえた。わたしは何が起きたのかを地下室まで見に行った。ボイラー室から爆発寸前の音が漏れていた。わたしはアイーダを起こすために大急ぎで階段を駆け上った。

「アイーダ、たいへんよ、起きて。消防署に電話をかけて早くここから避難しなきゃ。ボイラー室が爆発寸前よ」

アイーダは熟睡中のようだった。

「何でもないわよ、大丈夫よ。そんな心配などしないで、もう寝なさい」

「わかったわ。あなたが起きたくないのなら、わたしが自分で消防署に電話するわ」


子ども会館の居間にある電話機から最寄りの消防署に電話をかけた。応対してくれた消防士は、「現場に急行する。すぐに全員避難してください」と言った。アイーダはようやくわたしの意見に従った。真夜中に消防士たちが地下室を調べている間、わたしたち全員は寝間着姿で外に避難していた。ボイラーは爆発寸前だった。消防士たちによると、到着が一〇分遅ければ、ボイラーは爆発して火事になっていたという。

わたしの拒食症を心配してくれる人は誰もいなかった。当時、体重をさらに減らそうと思っていたわたしは、脂肪分や砂糖を含む食品はいっさい食べなかった。食べることがますます億劫になっていた。そうはいっても、わたしはまだ重度の拒食症ではなかった。この自己崩壊的なプロセスを止めるには、指導員たちがほんの少し注意すればよかったのだが、誰もわたしのことに関心を払わなかった。食べるのが楽しみなのは、朝食のバターとジャムを塗ったパンだけだった。しかし、子ども会館では、経費の節約からバターまたはジャムだけで、その両方は提供されなかった。よって、わたしは空腹のまま高校に通っていた。

アイーダは一方で気前のよい面があり、金曜日の晩に宿直の際にはママドゥとわたしを引き連れてファストフード店めぐりをした。ママドゥとわたしはあまり食べないのだが、アイーダは大食いだった。最初に立ち寄るのはケバブ屋で、次にマクドナルドに行き、アイーダはそこで持ち帰りのハンバーガーを注文し、仕上げはピザ屋でピザを二枚注文した。アイーダの大盤振るまいで食料を大量に仕入れてから子ども会館に戻った。アイーダは、居間で好きな映画を観ながら買ってきた食料をたらふく食べるのだった。ママドゥは大喜びだった。

平日の夕飯はパスタかフライドポテトだったが、指導員たちにはわたしのために野菜を準備しようとする気はなかった。野菜の調理は手間がかかるうえに施設の方針に合致しないためだった。全員が同じものを所定の時間内に食べるのが決まりだったのだ。よって、自分としてはたくさん食べるため、毎食後に気持ち悪くなって戻してしまうのだが、そんなわたしを心配する者は誰もいなかった。

ほとんどの指導員たちが子どもたちに積極的に関わろうとしないことに加え、指導員たちは一般的に先入観をもって子どもたちに接していた。とくに、わたしに対してはそうだった。ここに滞在している子どもたちの大半は、貧しい家庭で育った。かれらは、学校ではほぼ落第生であり、素行にも大きな問題を抱えていた。だが、わたしはかれらとは違った。友達はたくさんいたし、学校では一年飛び級で成績優秀だった。そして父は大企業の幹部だった。指導員たちは、虐待を受けたというわたしの供述をまったく信じていなかった。わたしが嘘をついていると思っていたのだ。わたしのことを、甘やかされて育っただけでなく、恩知らずな少女だとみなしていたのである。指導員たちの会議では、かれらはわたしに「虚言症」というレッテルさえ貼った。

わたしを虚言症呼ばわりしたのには、次のような出来事があったからだ。指導員のアンヌが宿直だった晩、彼女は自分のアイロンがけを持ってやって来た。そこでわたしは、彼女のアイロンがけを代わりにやろうかと申し出た。というのは、アイーダが宿直のとき、わたしは彼女のアイロンがけを十フランで請け負っていたからだ。アイロンがけは、わたしの小遣い稼ぎと暇つぶしになっていた。だがアンヌは、「あなたはアイロンがけのためにここに滞在しているのではないし、子どもたちが寝静まったら自分でやるから必要ない」と答えた。その数日後、責任者と指導員たちの毎週の会議の場で、アンヌがこのやりとりを報告した。決まりが悪かったアイーダは、アイロンがけをわたしに頼んだことなどないと気色ばんだ。彼女の同僚たちはこれを真に受けたため、その日からわたしは裏工作をする虚言症の少女とみなされ、わたしの言動は常に疑われるようになった。それまでは、商店街付近を自転車で数時間散策することを許されていたが、この会議以降、その自由は奪われてしまった。指導員たちは、わたしが自転車で散策すると偽って、こっそりと父に会っているのではないかと疑ったのである。

子ども会館に入所して以来、わたしは元気になるどころか、気が滅入り始めていた。家を離れるときは、自分を優しく保護してくれる環境が得られると思っていた。その理想的な環境は、叔母クリスティーヌの家庭で暮らすことだとナイーヴにも信じていたのだ。ところが、気がつくと、わたしは子どもたちに無関心な指導員たちが前例主義的にしか働かない施設にいたのだった。ここでの指導員たちの役割は子どもたちを監視することであり、かれらは子どもたちの個性や個別の事情などには関心がなかったのである。

24 進展

十月に入ると、母そして妹マリーと連絡がまったく取れない状態に耐えられなくなった。母とマリーが恋しくてたまらなかった。親友たちに囲まれて過ごしてはいたものの、どうしようもない孤独感を覚えた。保健師のマリオン先生からかかってくる電話の回数は減った。マリオン先生も新学期が始まっていそがしかったのだろう。わたしは完全に抑鬱状態に陥った。唯一の救いは、毎晩、長い電話をかけてくれる叔母のクリスティーヌだけだった。クリスティーヌはわたしのことを心配していた。窒息しそうな日々を過ごすわたしにとって、クリスティーヌとのおしゃべりだけが、ひと息つけるひとときだった。

毎朝、目覚めてすぐに頭に浮かぶのは、朝十時の休み時間に公衆電話から母に電話することだった。母に電話してはいけなかったのだが、わたしは我慢できず、九月末からこの規則を破っていた。チャイムが鳴ると、真っ先に公衆電話のある階段下のホールまで走って行った。公衆電話が塞がっていると、わたしは思わず泣き出してしまった。わたしの電話を毎朝待っていた母は、わたしを安心させ、元気づけようと懸命だった。朝十時の電話はわたしにとってかけがえのない日課だった。わたしは情緒不安定に陥り、気が滅入っていた。

電話で母と一〇分間しゃべるだけではすぐに物足りなくなった。母とわたしは法律に背いて会うことにした。法的処罰があるだけに、母はわたしよりもはるかに大きな危険を冒したのである。ひどく落ち込んでいるわたしに何もしてあげられないと感じた母は、わたしと昼食をともにするために正午前に高校の近くまでこっそりとやって来た。わたしたちの密会の場所は高校の近くにある安食堂で、母はそこでわたしと毎日会った。母にはわたしの住所を教えたが、母は父には内緒にしておくと約束してくれた。

奇妙なことに、父の日々の暴力よりも、この時期の孤独感のほうがはるかに耐えがたかった。父の日々の暴力や嫌がらせには徐々に慣れたが、母から無理やり引き離され、わたしは完全にうろたえた。

十月中旬頃、子ども会館の責任者コリーヌは、わたしの事件に関する裁判がまもなく始まると教えてくれた。訴訟を起こすことになるとは思ってもいなかった。その年の四月、金曜日の朝に母とマリオン先生と一緒に小さな鞄を持って高校を出発したときには、事態がこのように展開するとは想像さえしていなかった。高校一年のときのクラスの先生や同級生は、転校するわたしに寄せ書きをつくってくれた。この寄せ書きは、マリオン先生が病院にいたわたしに届けてくれた。わたし自身はもちろんのこと、誰もが、わたしは叔母クリスティーヌの家で新たな生活をするために両親の家を離れるのだと思っていた。わたしの境遇を心配してくれた国語の先生は、「君が新しい環境で心穏やかに過ごせることを祈っている。君の健康と幸せを願っている」と寄せ書きに書いてくれた。英語のレナー先生は、「これからの人生が幸多きことを祈る。栄光あれ」と励ましてくれた。ところが、わたしの境遇はそうした幸せや穏やかさとは程遠いものだった。孤独感に苛まれて打ち捨てられた気分だったが、ほかに選択肢はなかった。いったん司法制度が動きだすと、当事者個人の気持ちはほとんど顧みられることがなかった。いままでずっとそうしてきたように、困難を受けとめ、それを乗り越えていかなければならなかったのである。

訴訟が始まる数日前、ボルノ指導員から電話があり、わたしの代理人を務める弁護士の名前を教えてくれた。ボルノ指導員は、訴訟内容をしっかりと把握してもらうために、弁護士と事前に打ち合わせておいたほうがよいのではないか、とわたしに助言した。そこでわたしはルブラ弁護士に電話をかけ、面会の約束を取り付けた。ルブラ弁護士の事務所はヴェルサイユにあった。

ボルノ指導員もほかの指導員たちも、わたしがこうした事態に巻き込まれることなど、誰も事前に教えてはくれなかった。わたしはまたしてもたった一人でなんとかしなければならなかった。ルブラ弁護士の事務所へは、バスに乗り、電車に乗り換え、またバスに乗ってようやく辿り着いた。

ドアの呼び鈴を鳴らすと、大柄の細身の女性が笑顔で現われた。ルブラ弁護士との面会時間は短かった。彼女はいそがしそうな様子だった。与えられた時間内で自分の人生を語り尽くすことなど無理だった。いずれにせよ、訴訟を起こすことなどしたくはなかった。わたしは単に、虐待された事実を確認してもらい、家を出て穏やかな暮らしがしたかっただけなのだ。父が刑務所送りになるとは思ってもいなかった。したがって、わたしはルブラ弁護士に詳細を語らなかった。ルブラ弁護士はわたしに関するこれまでの資料を読むしかなかった。

十一月のある火曜日の朝、ボルノ指導員は、わたしを大審裁判所に連れて行くため迎えに来た。裁判の日がやって来たのだ。

一週間前から不眠が続き、わたしは最悪の状態だった。心労が募ったので精神状態がおかしくなり、頭がぼんやりした。ボルノ指導員の車に無言で乗り込んだ。息苦しさに胸が締めつけられ、ひと言も発せられなかった。両親と顔を合わせるのが怖かった。父の姿を見るのが恐ろしかった。母と目を合わすのを恐れた。両親を訴訟に巻き込んだことに、ひどい罪悪感を覚えた。時計の針を逆戻しにしたかった。

もうすぐ裁判所に到着というときに、最も恐れていたことが起こった。交差点で信号待ちをしていたわれわれの真後ろに、両親の車が停まっていたのだ。わたしは恐怖でパニック状態に陥った。驚いたボルノ指導員は車線変更し、赤信号を無視して車を走らせた。両親との接近から脱したのである。心臓が止まる思いだった。

裁判所のロビーにはルブラ弁護士がいた。ルブラ弁護士は審理の進み方をわたしに説明した。法廷に裁判官が入ってくるとき、わたしは起立しなければならず、裁判官が近寄ってくる際も起立しなければならないという。

法廷に入りながら強く思ったのは、父を刑務所送りにしたくないということである。わたしは、父が犯罪者になる責任を、自分にも母にも負わせたくなかった。父を刑務所送りにするわたしを、母は許さないのではないかと恐れた。

法廷に傍聴者がいることには愕然とした。興味津々の人びとは、午後の暇つぶしに映画館に行く感覚で裁判を見に来たのだろうか。かれらは、自分たちが傍聴することによって、わたしの羞恥心がさらに強まるとは考えたこともないのだろう。傍聴席には、法学部の学生、召喚された家族、児童虐待の容疑者や被害者などがいた。そして、涙を流す母の姿もあった。

被告人席には父がいた。父は少しやつれたようだ。父の隣には、やり手の雰囲気の若い弁護士がいた。わたしの前には、一人の女性裁判官と二人の書記官、そして左手には一人の女性検事がいた。

裁判官が小槌を打ち鳴らし、闘いの火ぶたが切って落とされた。

何も聞く気になれないわたしは、二言三言を口にするのがやっとで、まともに物事が考えられず、放心状態だった。それは過酷な試練であり、わたしの心は折れていた。わたしの弁護士は、わたしが起立しなければいけないときは、わたしの背中に手を当てて合図した。裁判官がわたしに何か質問したようだったが、何も聞き取れなかった。目を伏せながら努力して姿勢を正した。全身ががくがく震えた。声がまったく出ず、すぐに着席した。

法廷での審理の間、どのくらいの時間が経過したのかは覚えていない。最後に父の弁護士が発言したときに、わたしは我に返った。

父の弁護士は、「わたしの依頼人の父親は厳しいが正しかった」と言ったのだ。

父の弁護士は、わたしを偉大なピアニストに育て上げようとした父の想いを語り、父はわが子によかれと思ってしたものの逸脱があったのだと説明した。

次に、検事の番が来た。検事は、父に対して確固たる態度で冷たく言い放った。父に申し訳ないことをした気持ちがこみ上げてきた。

「あなたはなんて哀れな人でしょう。禁錮二年と保護観察五年を求刑すると同時に、親権の剝奪を要求します」

小槌がふたたび打ち鳴らされると、全員が起立して法廷から退席した。法廷は協議のために閉じられたのだ。ルブラ弁護士はわたしに、裁判所のロビーで待っているか、あるいは一人でいたいかと訊ねた。一人になりたいと答えたわたしは小さな個室に避難した。というのは、法廷のロビーでは、興味津々の見物人たちが父と母の顔をまじまじと眺めるのではないかと思ったからだ。自分が情けなかった。

父には、十五歳未満の児童への日常的な虐待と過激な暴力に対する罪が問われ、禁錮二年、執行猶予二年、保護観察期間三年が言い渡された。

この判決〔執行猶予付き判決〕にわたしは安堵した。父が投獄される責任を負う必要がなくなったため、わたしはようやく安心した。公の場で、被害者はわたしで、加害者は父だと認められたのだ。このことは公的文書に記録され、誰も覆せないだろう。わたしが耐え忍んだことを否定できる者は誰もいない。父でさえ否定できないはずだ。わたしはこの判決に救われた気分になった。

25　子どもを訪問する権利

判決から日を置かずに、ボタニ裁判官は審理を開いた。父と母も弁護士とともに召喚された。母がわたしに冷たい態度を示すのではないか、あるいはわたしと言葉を交わすのを拒否するのではないかと、わたしは母に会うことを恐れた。また、父と目が合うのではないかと怯えた。ところが、わたしの姿を見るなり涙を浮かべながら駆け寄ってきた母は、わたしを強く抱きしめた。

わたしは母に、「ママ、わたしのこと、怒ってるわよね」と訊いた。

母は、「怒るわけないじゃない。悪いのはあなたじゃない。わたしもパパもあなたがいなくて寂しいのよ」と答えた。

母は、わたしが家を出た後にマリーが書いた手紙を渡してくれた。

「なんて言ったらいいのかわからないけど。家はがらんとしている。誰の味方になるべきかよくわからないから、誰の味方もしないわ。パパの様子はヘン。パパはお姉ちゃんを家に戻らせようとして、わたしを味方にしようとしている感じ。お姉ちゃんがママに電話をかけるたびに、ママはパパに電話の内容を報告している。パパはわたしに「何を話していたんだ」としつこく聞いてくる。お姉ちゃんの言い分が正しいのか、それともパパの言い分が正しいのかは、わたしにはわからない。パパは裁判官に、「娘にはピアノの才能はあったが、だらしなかった」という理由を書き連ねていた。自分でも何を考えていたのか忘れちゃったけど、お姉ちゃんがいないと寂しい。わたしだけでなく、家族全員そう思っている。でも、家に戻りたくなければ、無理して戻らなくてもいいのよ」

母が板挟みの状態にあることを知り、そしてマリーの苦しみを読んで、胸が引き裂かれる思いだった。家族を裏切ったことに大きな罪悪感を覚えた。家族を船の中に置き去りにして、わたしだけが逃げ出してきたような気分だった。けれども、果たしてどうすればよかったのか。家に戻ってもよいかと裁判官に訊くべきだったのか。でも、そんなことをすればどうなっただろうか。家に戻ったしが家に戻れば、母と妹はたしかに気持ちが楽になるだろう。だけど、わたしはいったいどうなるのだ。わたしはそれまでの辛い暮らしに舞い戻るだけではないか。あらゆる苦難に耐えなければならないのはわたしだ。児童養護施設は理想の環境とは程遠いが、少なくともわたしは殴られることがなかった。重苦しい孤独感と格闘しなければならなかったが、死ぬ恐れはもうなかった。徐々にではあるが、わたしは常に待ち伏せされているのでないかと怯えることなく暮らせるようになり、ほんのちょっとした物音に飛び上がって怯えることもなくなった。過去の地獄に意味もなく引き返すような真似はしたくなかった。

わたしには父が変わったとは思えなかった。

父は意地悪そうな薄笑いを浮かべて、わたしに「ボンジュール、チキータ」と言った。わたしはそのあだ名が嫌いだったが、父は機嫌がよいとわたしをチキータと呼んだ。わたしを嘲笑しているとしか思えなかった。

わたしは父に、「ええ」としか答えなかった。

わたしは目を伏せ、とても父の顔を見る気になれなかった。父は、高校の保護者会に出席するために先生たちとの約束を取り付けそうな勢いだった。父の態度からは、わたしと父のこれまでのひどい関係がまったく感じられなかった。父は、数週間前に裁判で自分が有罪になったことなど忘れてしまったかのような態度だった。わたしが家を離れても、父には何の変化もなかった。父は自分が娘を叩いたことなどありえないという態度を取り、わたしの児童養護施設への入所や訴訟は、単なる勘違いによるものだと確信している様子だった。

審理において、父は裁判官に対し、バランスの取れた普通の家庭生活を取り戻すために、できるだけ早い時期にわたしに家に戻ってきてほしいと訴えた。ピアノを弾きたくないのなら、それでかまわないと述べた。

「裁判官、娘は十四歳です。多感なだけに難しい時期です。口答えをするし、だらしないところがありました……。これまで娘にあまり自由を与えてこなかったのは事実ですが、娘には自分の才能を無駄にしてほしくなかったのです。娘は、ピアノの練習はうんざりだと思っているようです。それならわたしは、ピアノを続けるかどうかは本人の意思にゆだねると約束します。わたしの唯一の願いは、娘がすぐにでも家に戻り、家族全員が一緒に暮らすことです」

ボタニ裁判官が父の発言に騙されなかったことには安堵した。この審理が終わった後に、家に戻るなどもってのほかだ。裁判官も、両親にわたしを自宅に引き戻す権利を回復させるのは時期尚早だと判断した。わたしだけが水曜日の午後に母とマリーに会う権利を得た。

子ども会館からは、ママドゥだけでなくクリステルもいなくなった。クリステルは、実習生として働いていたブティックが彼女を正規雇用したため、アパートメント暮らしを始めることになったのだ。クリステルと別れるのはとても辛かった。そして妹のジュリエは、隣町のホストファミリーに引き取られた。それからすぐに新たな入所者が現われた。かれら四人姉弟はどちらかといえば開けっぴろげな人たちだった。十二歳の長女のルドミラが入所すると、次に九歳のロイック、五歳のヨハン、そして四歳の末っ子の妹ソフィがやって来た。かれらは三十平方メートルしかない狭いアパートメントに住んでいたという。四人の子どもに加え、かれらの両親は猫を二十匹以上も飼っていた。だが、去勢していなかったため、猫の数はどんどん増えた。近所の住人たちは、廊下を通じて悪臭が漂うため、警察に苦情を申し立てた。五歳のヨハンと四歳のソフィは、年齢にまったく見合わない性的な異常行動をとった。公衆の面前でマスターベーションをしたり、家の猫同士が交尾するように仕向けたりしていたのだ。かれらの両親が子どもたちを自宅に引き戻すには、猫たちを処分し、仕事を見つけた後に、アパートメントをすっかりきれいにしなければならなかった。

ピアノのベルトラン先生はわたしが施設に入所したと知って、定期的に手紙をくれた。ベルトラン先生は、精神的に大きな衝撃を受けただけでなく、事態の展開を悲しんでいた。わたしをかわいがってくれたベルトラン先生にとって、母からの電話で知ったそれまでに家で起きていた出来事は青天の霹靂だったようだ。

ベルトラン先生は次のようなメッセージを寄せてくれた。

「君の暮らしが落ち着くことを心から祈っている。ピアノがそのような逸脱に導くなど、絶対にあってはならない。ピアノは、ピアノを弾いて楽しみたいと思う人が楽しむために弾くものだ。ピアノによって、名声さらには名誉などの社会的な満足が得られるのなら、それは素晴らしいことだ。だけど、ピアノを弾くのは、そんなことのためではない。君は内面が非常に豊かで、素晴らしい性格の持ち主だ。この困難をきっと乗り越えていける。どんな苦難に直面しても、君なら必ずうまくやっていける」

ベルトラン先生の手紙によると、わたしの事件があった後に、新たに数人の生徒を受け入れたという。しかし、わたしの事件に大きな衝撃を受けたベルトラン先生は、自分の生徒全員に対し、「長時間練習しなければピアノは上達しない。夏休みも冬休みもなしだ。それでもピアノが弾きたいというなら、生徒になってもよい」と、くどいほど本人に確認してからでないと教えないことにしたという。

十一月中旬から、水曜日の午後に母とマリーに会うようになった。もうこっそりと隠れて会う必要はなくなった。母は高校の授業が終わる頃に車で迎えに来てくれて、一緒に家に戻った。三人で昼食をとり、午後のひとときを一緒に過ごした。そして夕方六時頃に子ども会館までふたたび車で送ってくれた。

この午後の貴重なひとときは、わたしたちの言い争いによって台無しになることがよくあった。わたしたちの置かれた状況をいちばん心苦しく思っていた母は、ときどき強い口調でしゃべった。母の態度からは、わたしに対する恨みのようなものが感じられた。裁判が終わり、父がわたしにピアノを弾かなくてもよいと約束したのに、なぜわたしが家に戻ろうとしないのかを、母は理解できなかったのだ。母には、涙をふたたび流す前に、わたしたちのそれまでの生活を思い出してもらいたかった。そうすれば、わたしが家に戻るのはまだ早すぎるとわかってもらえたはずだ。

マリーも機嫌がよくなかった。すでに手紙を通じてマリーの気持ちはわかっていた。マリーはあまりしゃべらなかったが、わたしが家を出たことに苦しんでいた。中学校ではよく泣き、しばしばはげしい痙攣《けいれん》発作を起こしたという。マリーが電話をかけてきたので中学校の教室の入口まで行き、密かにマリーと数分間だけ会ったこともあった。わたしが家を出て以来、両親はわたしのことだけを話し合っていたという。話題はわたしの帰宅だった。両親の態度から、マリーは自分などこの世に存在しないのではないかと感じたようだ。マリーは、自分を置いて家を出て行ったわたしに怒っていた一方で、わたしには選択肢がなかったことも理解してくれていた。

父は、自分には権利がないにもかかわらず、毎週水曜日の面会に同席するようになった。父と話し合った母は、わたしと父が仲直りしてほしいと願った。離ればなれの時間が長すぎると、わたしと父が疎遠になってしまうことを恐れたのだ。この策謀はまったく気に入らなかった。父が同席すると、わたしは常に恐怖を感じた。母がその場にいても安心できず、居心地がとても悪かった。父との過去の記憶がよみがえってくるのだ。父の前では、わたしは昔のように怯えた小さな女の子になってしまった。だが、父はわたしに干渉せず、嫌な態度は取らなかった。児童養護施設など存在しないと自分に言い聞かせるためなのか、わたしの暮らしには触れなかった。訴訟についても、そんなことなどなかったかのように話題にしなかった。父は最近の出来事に関して完全に記憶喪失になったような素振りだった。

父が家にいるときは、わたしはできるかぎりプレイルームの前を歩くのを避け、どんなことがあってもプレイルームには入らなかった。プレイルームにいるわたしを見て、一曲弾いてくれと父に頼まれるのがとても恐ろしかったのだ。マリーとわたしの間では、ピアノという言葉は禁句だった。マリーとわたしは、ラジオやテレビ、ショッピングセンターなどでピアノの音が少しでも聴こえてくると、耐えがたい気分になった。

現在のわたしは、このピアノという楽器と新たな付き合い方をしている。それは、自分のリズムで自分のために、である。ピアノを奏でると、人びとを幸せな気分にさせられるとわかったのだ。ほんの少しの間でも、苦悩を忘れてもらうことができる。わたしが誰かに喜んでもらうためにピアノを弾くと、かれらの喜びがわたしを癒してくれる。反対に、マリーは相変わらずピアノの音を耳にするのが耐えられないようだ。ピアノの音を少しでも耳にすると、あの苦悩に満ちた過去に舞い戻るような感覚に襲われるのだろう。

26 自由な寮生活

三月、ボルノ指導員がやって来て、子ども会館を出なければならないと告げた。子ども会館は、長期滞在施設ではなく緊急的な救済のための宿泊施設なのだ。ノルマンディ地方の施設に入所してはどうかと勧められたが、わたしは拒否した。パリから遠く離れたノルマンディ地方に移り住めば、また高校を転校しなければならない。そして母や妹マリーにも会えなくなる。次に、ボルノ指導員は障害者支援ホームを勧めた。パリ市の真ん中に位置する障害者支援ホームでは、さまざまな障害を抱える若者たちが自立した生活を送っているという。このアパートメントは、安宿が乱立するパリ市内のあまり治安のよくない地区にあった。十四歳のわたしが一人暮らしをする自信はなかった。そのアパートメントは、障害者支援というよりは、映画『スパニッシュ・アパートメント』のイカれたヴァージョンである、不良の溜まり場のような印象を受けた。
その一か月後、ボルノ指導員は、今度は自信たっぷりの様子で現われた。絶対におすすめの寮があるという。それは、ヴァル＝ド＝マルヌ県〔パリ市郊外〕にある女子専用の施設だった。一般の寮に空きがなかったため、外出に許可が必要な寮だった。そこに滞在するほとんどの若者には軽犯罪の補導歴があった。この寮は少年院の代わりだったのだ。もう少しよい環境があるのではないかと思ったが、ノルマンディに移り住むよりはましだと思い直し、訪問してみることにした。

車で二時間かけて移動すると、塔のそびえ立つ邸宅の前に到着した。建物の正面にはモザイクが施されている。この寮の責任者代理がわたしたちを迎えてくれた。四十歳代の細身で弱々しい感じのする男性だった。ナディアというかなり若い女性指導員も同席した。かれらは親切にも寮を案内してくれるという。二十三名が居住できるこの寮は、子ども会館とは比較にならないほど大きい。四人部屋には、各自のベッド、タンス、小さなテーブルがあり、それら以外は共同だった。わたしは怖じ気づいた。寮生たちの中にうまく溶け込めないのではないかと不安になったのだ。また、わたしの通う高校が寮から遠いことも気になった。高校二年生のわたしは大学への進学を目指していたし、高校には親友がたくさんいた。今の高校から転校する気はまったくなかった。寮に近い高校は問題地区にあり、その高校のバカロレア〔大学入学資格試験〕の合格率はフランス国内で最低レベルだった。そんな高校に通えば、おかっぱで小さな眼鏡をかけたわたしは、三日も経たないうちにいじめられてしまうだろう。インテリ気取り、さらには点取り虫として扱われ、休み時間にひどい目に遭うのは目に見えていた。ボルノ指導員と寮の責任者代理は、わたしが真剣に勉強に取り組もうとしていることにまったく関心がないようだった。しかし本来なら、かれらはそうしたことを〝考慮〟すべきはずだ。帰りの車中、わたしは怒りで涙がこみ上げてきた。自分が置かれた境遇に耐えられなくなったのだ。わたしが再スタートするには安定した環境が必要なのは明らかだった。「児童養護の専門家たち」にそうした常識が欠けているのが不思議でならなかった。

そんなとき、ちょっとした奇跡があった。親友クレールの発案で、高校で署名活動が始まり、その結果が児童社会支援機構（ＡＳＥ）に送られたのだ。高校の先生たちやクラスメイトの大半が署名してくれた。国語のバカロレアが迫っているこの時期に、今のクラスにとても順応しているわたしを転校させないようにと、ＡＳＥに請願したのである。今日でも、あのときのことを思い出すと、胸が熱くなる。

数日後、高校を転校しなくてもよいという通知が送られてきた。そのようなよい知らせは久しくなかったので、わたしはとてもうれしかった。

わたしは十五歳の誕生日を迎える直前に子ども会館を離れ、建物の正面にモザイクが施された寮に移り住んだ。ここでの生活には拘束があった。四人部屋だったが、ルームメートはナオウエルとアチーダだけだった。二人とも十七歳だった。運がよかったことに、わたしの前にこの部屋にいた女の子は、癇癪《かんしゃく》を起こして自分のベッドと机を壊してしまったため、わたしの家具と机は新品だった。だが、ここではそのような蛮行が起きるのかと思うと不安を感じた。

この寮の女子たちは、ほとんど自主的に暮らしていた。指導員たちは、寮の安全管理と平穏を保つために働いていたが、寮生の話し相手にもなっていた。子ども会館の指導員たちは先入観の塊だったが、ここの指導員たちは違った。寮生の大半は軽犯罪で補導歴のある女の子だった。もちろん、誰にでも人生をやり直すチャンスはある。

寮に入ってからすぐに、問題を起こしたくなければ守るべき掟《おきて》があることを理解した。寮生たちは純真無垢な女の子たちではなかった。寮内では喧嘩が絶えなかった。寮にはファティマというボスが存在した。ファティマは滞在歴がいちばん長く、年長者であり、そして最も意地悪だった。ほかの寮生たちだけでなく、指導員たちもファティマの配下にあった。仕返しを恐れてファティマに逆らう者は誰もいなかった。ファティマには取り巻きがいた。ファティマは寮でいちばんきれいな部屋を占拠していた。塔に一室しかないその部屋には、たくさんのぬいぐるみが置いてあった。つつがなく過ごしたいのなら、ファティマに取り入るしかなかった。そうしなければファティマに宣戦布告することになる。ちなみに、ファティマが補導されたのは、路上ですれ違った少女に「眼をつけられた」ために、その子をカッターで切りつけ、重傷を負わせたからだった。ファティマは癇癪持ちのタティアナという寮生をいじめていた。ファティマが同じ部屋にいるだけで、タティアナは気が変になった。ファティマは理由もなくタティアナに襲いかかっていた。ファティマがあまりにも強く殴ったため、タティアナが病院行きになったこともあった。

年少者で最も臆病だったわたしは、ほかの寮生たちに受け入れてもらえた。というのは、波風を立てず、おとなしくしていたからだ。さらにわたしは、まだ学校に通っている一部の寮生たちにとっては、宿題を手伝ってくれる便利な存在だったからだ。勉強ができるからといっていじめられることはなかった。わたしは成績のよい高校生であり、寮生たちはそんなわたしに満足していた。

高校がかなり遠かったために、朝四時半に起きて五時には寮を出なければならなかった。寮の食堂はまだ閉まっているため、朝食はとれなかった。駅までは人気《ひとけ》のない暗い歩道をひとり早足で歩き、五時二十五分発の始発列車に乗った。列車内はまだ暖房が効いていなかった。ヴェルサイユ駅で列車を乗り換え、それからさらにバスに乗って八時前にようやく高校に辿り着いた。その頃にはすでに疲れ果てていた。帰りはまったく逆のコースだ。帰りの列車では、宿題やレポートをこなすために座れる席を捜した。寮に着くのは夜九時頃なので、またしても食堂は閉まっていた。高校の学食では持ち運びが簡単なりんごしか食べなかった。そのような食生活で体重が増えるわけがなかったのは言うまでもない。

このスケジュールを毎日こなすのは、とてもたいへんだった。わたしの境遇に同情してくれた高校の校長は、土曜日の授業を免除してくれた。土曜日の授業は、親友サンドリーヌがノートをコピーしてくれたので、それで間に合わせた。

寮生たちは、身を削って高校に通っているわたしの姿を見て、頭がおかしいのではないかと思っていたようだ。彼女たちは、もっと〝かっこいい〟生き方を楽しんでいた。朝十時くらいになると指導員たちがやって来て、寮生全員が学校に行ったか、あるいは実習生として働きに出かけたかを確認するために全室を巡回することになっていた。その間、彼女たちはトイレに隠れ、巡回が終わって自由に行動できるようになると、ひと部屋に集まって日がな一日、酒、煙草、マリワナを好きなだけ楽しみながら過ごすのだ。指導員たちがそのことを知らなかったとは思えない。指導するのが面倒なので放任していたのだろう。

そのようなわけで、わたしと彼女たちの生活リズムは正反対だった。彼女たちがわたしの苦行を応援するようなことはなかった。彼女たちは朝早く起きる必要がないので、ジョイント〔大麻〕を吸って髪をときながら夜中の一時か二時までラップ・ミュージックを大音量で聴いていた。腕時計に目をやったわたしは、泣き出してしまわないように眠ろうと努力した。それは、友達と離れることなく進学校で学び続け、夢を叶えるためにバカロレアの資格を手に入れるための代償だった。

疲労が蓄積すると、わたしは精神的に脆くなった。たわいもないことで泣き出してしまい、些細なことでも我慢できなくなった。寮では、ある程度自由な生活ができたが、叫び声やはげしい暴力を伴う喧嘩の横行に耐えられなかった。ある日、ナオウエルが別の寮生と言い争いになった際、仲裁に入った責任者代理が腕を骨折した。わたしたちの寮は、オートゥイユ職業訓練孤児院の財団が運営する男子寮と隣接していた。そこでわかったのは、男子よりも女子のほうがはるかに意地悪だということだ。執念深い女子は自分の獲物を逃がさない。一方、男子はいったん決着がつくと、別のことに関心を移すケースが多かった。

叔母のクリスティーヌは、相変わらず毎晩電話をくれた。わたしにとってのクリスティーヌは頼りになる救命胴衣だった。夏休みは、彼女の家で過ごさせてほしいとお願いした。彼女が承諾してくれるのを心から祈った。

国語のバカロレアの直前、わたしはワックスをかけたばかりの寮の床で足を滑らせ、木製の大きな階段を二階から一階まで転がり落ち、左の肘《ひじ》関節を損傷した。腫れ上がったので救急診療を受けたところ、腕を副木で固定された。数週間、まったく動かしてはいけないという。その日の宿直はサミア指導員だった。わたしを病院に連れて行ってくれたのもサミアだった。わたしはそれまで指導員としゃべったことがなかったが、わたしの苦悩をわかってもらえる人と初めて出会えた。サミアには何でも話せた。サミアはわたしにとってかけがえのない人になった。サミアはわたしの話に耳を傾け、いろいろと助言をくれた。そしてわたしを励ましてくれた。寮では、サミアのおかげで孤独感が薄れた。サミアと話し合うと、過去と決別して未来を見つめようという気分になった。

運悪く左利きだったので、わたしがバカロレアの国語の筆記試験をどうにかして受けられるように、高校側が事務局に配慮を求めた。その結果、筆記試験は自分の考えを頭の中でまとめてから口述することになった。これはかなり厄介な作業だった。試験にはわたしの大好きなボードレールの詩もあった。

わが子よ、わが妹よ
甘美なる夢を思い浮かべてごらん
あそこで一緒に暮らすのだ
自由を愛し
慈しみ、そして死ぬ
君に似たあの国で

〔「旅への誘い」〕

試験の数週間後、わたしが転校しなくてもすむように真っ先に署名してくれた国語の先生は、わたしの答案はどの設問でも最高点だったと満足げに教えてくれた。

父が原因で、わたしは音楽に気持ちを和らげる響きを感じる機会を持つことができなかった。だが、わたしはこのボードレールの詩に、理想郷へ旅立つという夢を見いだした。それは安らぎを得られる場所だ。そこに辿り着けば、わたしの苦悩はきっと和らぐはずだ。

27　叔母クリスティーヌ

六か月前にボタニ裁判官に手紙を送ったところ、学校の休みが始まってすぐにボタニ裁判官と会うことになった。そのときに、わたしはボタニ裁判官に叔母クリスティーヌの家で三週間を過ごしたいと願い出た。願いは受け入れられた。わたしは大喜びだった。この瞬間を待ちに待っていたのだ。その際にボタニ裁判官は、六月末からは父に毎週土曜日の訪問権が付与されることになると宣告した。この知らせはあまりうれしくなかったが、喜びいっぱいで荷造りの準備に没頭していたら、父の訪問権のことなどすっかり忘れてしまった。

寮を少しでも早く抜け出すために、なるべく早い時間帯の列車に乗った。ナンシー駅〔パリから東へ三一〇キロメートル〕に到着すると、叔母クリスティーヌは、叔父のピエールと一緒に迎えに来てくれた。わたしと同様に感極まったクリスティーヌは、わたしを長い間抱きしめた。クリスティーヌの家に着く前に、長い間会っていなかった祖母のもとへ挨拶に行った。

叔父と叔母は、古い大きな建物を改造した素敵な家に住んでいた。叔母はすでにわたしのために部屋を整えておいてくれた。

叔母の家で過ごした数週間は魔法にかかったようだった。最初の週、叔母と叔父は二人とも日中働いていた。それでも叔父ピエールは、昼食をわたしとともにするために家に戻ってきてくれた。朝は休みの特権を活かし、朝寝坊して日頃の睡眠不足を解消した。ここでは、大音量のラップ・ミュージックや、窒息しそうなハッシシの臭いに悩まされることなく、平穏な日々を過ごすことができた。午後はナンシー市内を自転車で散策した。ナンシーで何人か友達ができた。かれらとはたびたび街で会って、おしゃべりをしたり、散歩したりした。午後四時くらいになると、パン屋に寄って小さなタルトをひとつ買った。それから祖母の家を訪ね、近くのカフェまで付き添い、一緒にお茶をした。叔父と叔母の家で過ごす夜は、かけがえのないひとときだった。皆で街まで散歩に出かけることもあった。叔父ピエールがギャグを連発しておどける姿に、通りすがりの人びとはあっけにとられていた。わたしは大笑いだった。すべてが楽しかった。また、芸術映画を観に行ったり、スケートを楽しんだりもした。アイスホッケーの選手だった叔父は、地元の若者たちのコーチをしていた。叔父が教えてくれたおかげで、よろめきながらも氷の上を歩いたり、後ろ向きに滑ったりできるようになった。家の中で過ごすこともあった。家では、ポーカー、ブラックジャック、ブロットなど、トランプゲームで何時間も遊んだ。叔父と叔母はトランプゲームが大好きだったのだ。

夜が更けると、クリスティーヌとわたしは、わたしの将来について少し話し合った。叔母は、どうして父がそこまで逸脱したのか、なぜ母が叔父と叔母に何も語らなかったのか、目撃者は誰もいなかったのかなど、答えのはっきりしない質問をいくつも投げかけてきた。

ベッドに入って眠りに落ちるまでの時間は相変わらず苦痛だった。家を出たにもかかわらず、すぐに寝つけなかったのだ。ドアに面してベッドの中で体を丸め、布団をたくさんかぶらないと寝られないのは相変わらずだった。叔父ピエールは、自律訓練法〔ドイツの精神科医シュルツが体系化した身心の緊張をほぐし自律神経のリズムを整える技法〕に基づくリラックス法を教えてくれた。身体のあらゆる部位とそれらを取り巻く環境を感じようと努めながら、自分の呼吸に意識を集中させるのだ。おかげで少しずつ安心できるようになり、不安なく眠りにつけるようになった。

叔父と叔母がヴァカンスに入ったら、北のヴェネチアと称されるブルッヘ〔ベルギー北部の古都〕へ行き、それからシャラント県〔フランス西部〕を旅行するため、わたしたちは土曜日の朝に出発することになっていた。

わたしがクリスティーヌの家でヴァカンスを過ごしていることを知った父は、週末に母と妹マリーを自分の両親の家に連れて行くことにした。土曜日にわたしと会う訪問権を得た父は、会いに行くからその土曜日は叔母の家にいるようにと要求した。旅行の出発を遅らせてまで父に会う気などまったくなかった。わたしは元気だったし、生き返った心地だった。わたしは、ここでのほんの少しの幸せを、父が来ることによってぶち壊しにされたくなかった。クリスティーヌとピエールも、父を自分たちの家に迎えるつもりはなかった。わたしがどのような暮らしをしていたのかを知って、二人とも父ときっぱりと絶縁した。

土曜日の明け方、わたしたちは家の付近で両親と出くわさないことを祈りつつ、ブルッへへと予定どおりに出発した。

父は怒り狂い、母はひどくがっかりしたという。母だけだったら、状況は違っていたはずだ。母に会うのなら、一秒たりともためらったりしなかっただろう。父の反応はどうでもよかったが、母には悪いことをした。

父は、わたしたちが出発したと知っても、父の両親のアパートメントからクリスティーヌの家まで母と妹と一緒に行くと言い張った。クリスティーヌの家に到着すると、やはりドアは固く閉ざされていた。それでも父は守衛を呼び、わたしが不在かどうかを確かめさせ、わたしの不在について情報を持っている者はいないかと訊ねまわったという。

捜査が終わると、父は自分の調書を警察に提出し、母とマリーを連れてパリへ戻った。父は警察に報告するだけでなく、自分の弁護士と相談した後、裁判官に対し、土曜日に娘に会えなかったのは法制度の不備だと連絡した。そのときも父はわたしを恨んではいなかった。わたしが施設に入ったのは、学校の保健師がわたしをたぶらかしたからだった。わたしが未成年保護班に語った内容は、保健師がわたしに吹き込んだものだと信じていた。訴訟の際、父の暴力を誇張するようにけしかけたのはボルノ指導員だった。父は、意志薄弱なわたしが他人に言われるままに供述したと思っていた。ブルッへの一件で犯人にされたのは、自分との面会を邪魔するために、わたしを文字どおり誘拐した叔父と叔母だった。父はすべてを論理的に解釈したのだ。破廉恥な輩がわたしの無知につけ込んで父を陥れようとする陰謀が存在すると確信していたのである。

28 宿泊権

ナンシーを離れて孤独な寮生活に戻るのは精神的にきつかった。駅のホームでは、クリスティーヌとわたしは涙をこらえられなかった。ヴァカンスは夢のような日々だった。

寮に戻ると、わたしの部屋で火事があったという。煙草の不始末が原因で出火し、壁に貼ってあった写真はすべて灰となり、タンスにあったほとんどの服は燃えてしまった。残った服も焦げ臭いにおいがした。部屋は住める状態ではなかったため、四人部屋に移動した。そこには机がなく、居心地はかなり悪かった。わたしの障害物競走にまたひとつハードルが増えたのである。

戻ってからすぐに、悪の権化であるファティマが頼みごとをしてきた。ファティマはちょっとした悪巧みを考えた。通りすがりの男性からお金を巻き上げるのだ。所定の金額を払えば援助交際すると男性に約束してお金を分割払いさせ、支払いが約束の金額に達すると、ファティマは姿をくらますのだ。ファティマはカモを見つけるのが上手だった。ターゲットは、ちょっと愚鈍でもちろん飢えた男性である。わたしの役目は、治安の悪い街角で男性と会う際に、ファティマが一人にならないように彼女に同行することだった。

ファティマは、手っ取り早く小銭を稼ぐ方法をわたしに教えてくれた。街をほっつき歩くとき、ファティマは人とすれ違うたびに煙草を一本くれと所望するのだ。すると一〇分から十五分で一箱分の煙草を手に入れられた。ファティマはこれを寮の女の子たちに適当な値段で売り捌いていた。

一時期、わたしはこの手口を使って小遣い稼ぎをしていた。寮から高校までが長距離だったため、かなりたくさんの煙草を集められた。そしてそれらを転売したのである。この密売で得たお金で初めて携帯電話を買った。ちょっと後ろめたい気分だったが、「郷に入っては郷に従え」だったのだ……。

高校三年生〔中等教育後期最終学年〕になると、いくつかの変化があった。ボタニ裁判官は週末を両親の家で過ごす許可を出した。彼女は、わたしと両親の三人で家族療法を受けるように命じたが、今度はわたしと妹マリーに「開かれた環境における育成支援（AEMO）」のプログラムを受けろという。

これは二週間に一回、指導員と会って話し合う児童支援策である。初回、わたしたちの担当になった二人の指導員が現われた。こうした面会は、子ども会館や今の寮でも経験があったので何の期待もしていなかった。ところが、これはもっとひどかった。指導員の一人は、両親と長い時間話し合った後にわたしの面接を行なったのだが、この女性は面接が始まるや否や、中立を装って次のように言い放った。

「あなたの調書を少し読みました。そしてあなたのご両親に会いました。わたしは当惑しています。あなたは告発するまでに十四年間も待ったのですか？　あなたは自宅でこんなひどい事態になる前に反抗できなかったのですか？」

この指導員の言わんとすることはわかった。ほかの指導員たちと同様、わたしのことを信用せず、父のさわやかな弁舌に魅了されたに違いなかった。立派な身なりをしたわたしの両親が、自分の娘を虐待するわけがないと考えたのだ。

高校三年になると、土曜日の午前中、三時間にわたる数学の授業が始まった。土曜日の授業はそれまでのように免除されなくなった。バカロレアでは数学は重要科目なので、この授業を欠席するわけにはいかなかった。よって、土曜日の授業が終わると母が高校まで迎えに来て、自宅に戻って食事をしてから家族療法に出かけることになった。

父は、この地域における最も無能な精神科医をトラップ〔ヴェルサイユの隣町〕に捜し出した。この精神科医の療法はお笑い草だった。終始間抜けな薄笑いを浮かべるこの医師は、腰かけた両親とわたしを白目で優しそうに見つめるのだ。

初回に、この医師は「えーっと、わたしが何かあなたたちのお役に立てますかね？」と言った。父は、「わたしは娘のセリーヌとちょっとした問題を抱えています。その原因は、娘が多感な時期にあるからであり、また、わたしが厳しい父だからです」と淀みなく答えた。

「もちろんですよ！　思春期の子どもと一緒に暮らすのはたいへんです」

「でも、少しずつ関係はよくなっています。わたしと娘はお互いに歩み寄るようになりました」と父は主張した。

まるで出来損ないのテレビドラマに出演しているかのような気分になった。

「セリーヌ、ご両親に何か言いたいことはありますか？」

「いいえ、とくにありません。いずれにしても、この場で、先生の前で言うべきことはありません」

「それでは皆さん、三人とも次回までにわたしに言いたいことを考えておいてくださいね。面と向かっては言えないようなことを」

療法はそれで終了した。わたしは愕然とした。

その後、父は満面の笑みを浮かべて、しめしめという雰囲気で天気の話題をしゃべり始めた。わたしたちを治療するはずのこの医師は、困惑の深淵に沈み込むのだが、療法が終わるたびに

「三人とも大きく進歩しましたね」と宣言してそこから這い上がるのだった。進歩しないのは明らかにこの医師だった。

この茶番劇は長く続かなかった。四人での話し合いの終わりに、この無能な専門家は、「ラファエル家族は指示された療法を二十回にわたって熱心に受けた結果、家庭環境は格段に改善された。よって、療法を継続する必要はもうない」という診断書を交付したのである。

家にいるとき、マリーとわたしは自分たちの部屋かパソコンの前で過ごすことが多かった。マリーとわたしは両親が散歩に出かけるのを待ち、一階の居間でテレビを観た。わたしが家を出たとき以来、妹は父を完全に拒絶していた。父を蔑み、口答えするのも厭《いと》わなかった。父はそんな妹をどうすることもできなかった。主従関係が完全に逆転したのだ。

一方、わたしは妹のような強い性格の持ち主ではなかった。父の前ではいつも不安に襲われ、硬直した。父にはっきりと嫌と言えない自分は意気地なしだと思った。自信をもって父に接するには、家から離れていた期間が短すぎた。父は反省などしていなかった。父は常にわたしに対して思うように振るまうことができた。わたしはそんな自分を恨んだ。われわれはいまだにピアノの影に取り憑かれていた。家ではピアノという単語はタブーであり、誰もこの言葉を口にする者はいなかったが、わたしは巨大なクモの巣にかかった獲物のように、相変わらずこの弦楽器の囚人だった。

父はわたしのことを週末に抜け出してきた寮生として扱った。もうわたしを殴ることはなかった。よって、父は完全な記憶喪失になったわけではなかった。執行猶予付きの有罪判決を受けたため、父は新たな戦略を打ち出したのである。家で何度か週末を過ごした後、父の本性が新たな妄想とともにふたたび剝き出しになった。ピアノを弾くのをやめたわたしは、数学に一所懸命だった。父にとって、ピアノは単に口実でしかなく、音楽などどうでもよかったのだ。わたしは父の所有物でしかなかったのである。

今になってわかるのは、父はわたしのことを自分自身で選択した物事をやり抜く人間だとは思っていなかったということだ。生まれたときからわたしは、思考力のない操り人形でしかなかったのだ。わたしは、子どもという条件を超えた完璧という理想を追求する神話の化身にさせられたのである。父の不満が病的な夢に変わることに対し、異議を唱えられる者は誰もいなかったのだ。

土曜日の朝に家に着くと、父は数学の試験結果を見せろと要求した。わたしの数学の成績はよく、いつもクラスで五番以内だった。しかし、父にとってそれでは不充分であり、ピアノと同様に一番でなければならなかった。数学の試験があると知った父は、わたしに数学の問題集を見せろと言った。すると、週末に解くべき問題の一覧表をつくったのである。たった二日間で九十六問も解けというのだ。日曜の午後、父はわたしが解いた問題の採点をした。間違いがあると、新たな問題を追加した。週末は休息にあてるつもりだったのに、わたしは平日と同じように夜更かしする羽目になった。わたしは父の完全な支配下にあった。何も言わず、父の命令に従ったのである。

以前と同様、枕の中に食器を入れられるなど、わたしは巧妙な嫌がらせを受け、辱められた。父はわたしの身体について品位を汚すことを遠慮なく言った。それは現在でも恋愛問題に悩むときにわたしの頭をよぎる。

「いずれにせよ、お前なんかに興味をもつやつは、一発やりたいやつを除けば、誰もいないだろう」

父はまったく変わっていないとわかった。父の完璧主義は病的であり、恐るべきものだった。父は、わたしを通じて自分の父親をもっと満足させ、彼に認めてもらいたかったのか。わたしを完璧な子どもにすることで、自分自身が完璧な子どもでなかったことの埋め合わせをしたかったのか。祖父に殴られた父は、蔑まされた気持ちに悩まされていた。祖父の理不尽な暴力に反抗するかわりに完璧主義に走った父は、自己の葛藤を克服するためにわたしを利用し、祖父の精神と行動を受け継いだ。だが、父はわたしの強情な反抗精神によって取り乱し、より暴力的になったのだ。少なくともわたしはそのように感じた。

そのことを指導員たちに話すことはできたし、週末だけであっても両親の家にはもう戻らないと要求することもできた。しかしまたしても、わたしは沈黙した。訴訟に持ち込めばどうなるのかもわかった。身を切られるような罪悪感を味わったわたしは、同じ経験をまたしたいとは思わなかった。そして父はもう暴力を振るわなかった。わたしが受ける唯一の虐待は精神的なものになった。精神的な虐待だけで人間性を破壊できるとしても、フランスの法律では精神的な虐待行為は罪に問われない。母はようやく正常な暮らしが戻ったと安堵していた。わたしが父をふたたび告訴したら、母はわたしを許さないだろう。

29 虚言症

土曜日の朝、数学のチュロワ先生の授業中、気分がすぐれなかった。原因はおそらく極度の疲労に違いなかった。それまでバ教務主任は、わたしとの接触を巧妙に避けてきた。施設から通うわたしが、良家の子弟に害悪を撒き散らすのではないかと心配していたのだろう。施設の子どもが自分の高校に通うのは、名門校に泥を塗ることになると思っていたのだ。その日、彼女は、気分の悪いわたしをすぐに学校まで迎えに来るよう母に連絡するため、嫌々ながらもわたしに話しかけなければならなかった。

すぐに母がやって来た。いつも笑顔で愛想のよい母は、わたしを連れて帰る前にバ教務主任と言葉を交わした。

月曜日の朝、高校の前でわたしを待っていたクレールは、バ教務主任と（聞いたこともない）社会福祉士が、わたしのことを虚言症だと先生たちの間で触れまわっていると教えてくれた。クレールがそうした事情に詳しいのは、同じ学校の化学の先生だった彼女の母親がわたしを守ろうとしていたからだ。バ教務主任は、感じのよいわたしの両親と知り合いになって得意になっていた。わたしのことを、高校三年の理系クラスで優秀かつ熱心な生徒のように見えるが、じつは単なる邪悪な嘘つきであって、裕福な家庭で育ったとんでもない親不孝者だと切り捨てたのだ。

バ教務主任は、わたしは問題行動や精神障害を抱える生徒たちを集めた特殊学級で学ぶべきだと先生たちに訴えたという。

虐待は貧しい家庭でしか起こらないという思い込みの犠牲になった後、またしても新たな偏見に晒されることになったのだ。それは、施設にいる子どもは、知的発達障害のある子か犯罪者で、根っこから腐っているか障害があるに違いなく、要するに救いようがないという決めつけである。

わたしがクラスの上位になるために一所懸命に努力したのは、自分にはなんらかの価値があることを自己に示すためであり、自分は犬よりも価値のある存在だと他者に証明するためだった。毎日、二、三時間の睡眠の後、無理やり起きて授業に間に合うように高校までの遠い道のりを通学した。意地でも挫折しないと心に誓った。学校で些細な問題さえ起こしたことがないわたしは、高く評価されていた。それなのに、不満と偏狭な精神に突き動かされた二人の女性〔バ教務主任と社会福祉士〕が、このバランスを失わせたのである。それは単なる噂の吹聴でなく、わたしの過去と苦悩を否定する行為だった。

クレールからそのことを聞くと、悲嘆と怒りが入り混じった感情に襲われた。わたしは、我を忘れてその足で社会福祉士のところへ向かった。社会福祉士の部屋の前で待っているとドアが開いたので、わたしはたどたどしく文句を述べた。

「なぜあなたは、わたしが自分の過去について嘘をついていると先生たちに触れまわっているのですか？　あなたはわたしのことさえ知らないじゃないですか！　あなたはわたしに会ったことさえないのに、どうしてですか！」

すると社会福祉士は、蔑んだ冷たい視線をわたしに投げかけながら次のように答えた。

「わたしに話したいのなら、立って言いなさい。座ったままでは、犠牲者を演じるための弱い立場にまたしても自分を置くだけですよ」

社会福祉士は、わたしに毒づくとすぐに顔を背けた。わたしは開いた口が塞がらなかった。わたしは高校から飛び出した。車に轢かれて死んでしまいたいと思った。ウォークマンの音量を最大にして、立ち止まることなく道路の真ん中まで駆け出した。もう何も考えられなかった。寮には戻りたくなかった。わたしに手を差し伸べてくれる唯一の人物である母の家に避難した。

事情を知って激怒した母は校長に電話をかけ、説明を求めた。校長は、午後に母と会って事態を明らかにしようと申し出ると同時に、バ教務主任と社会福祉士をその場に同席させると約束した。

クラスに戻ると、先生たちは全員一致でわたしを支持したことがわかり、安堵した。世の中は、暗黒でもなければ純白でもないのである。

30　自宅に戻る

高校三年の最初の学期が終わると、わたしは見る影もなくやつれた。肉体的にも精神的にも疲れ果てていた。毎朝起きるだけでひと苦労の状態だった。授業中、電車の中、駅のホームなど、どこでも眠りに落ちた。拒食症は相変わらずだった。寮の騒ぎや連日の喧嘩に耐えられなくなった。闘う気力が失せていた。母と妹マリーは、家に戻ってくるようにと言った。わたしが望んだように、ピアノはもう弾かなくてよいのだし、父は態度を改めたのだから、わたしが寮にとどまる理由はもうないと主張した。わたしは、母とマリーとの繋がりを失わないために、自宅に戻らなければならなかった。さもなければ、母とマリーはもうわたしを支援してくれないだろう。わたしの家出をあまりにも長いと感じていたのだ。

一方で、わたしは家に戻ることの利点と欠点を少し前から考えていた。寮に滞在しながら医学部に通うのは難しいだろう。十八歳になればアパートメント暮らしができ、二十一歳になれば児童社会支援策の対象から外れる。そうなれば理想だった。

一人前の医師になるまで十年以上かかるのに、このような生活状態でスタートするのは不可能だ。マリーのことも考えた。マリーは衰弱していた。両親の家での暮らしに苦しんでいた。マリーも家を出る必要があった。わたしはすでに毎週末は家に戻っていたため、戻ればどうなるのかはわかっていた。父の気まぐれに耐え、毒気のある言葉にも動じず、バカロレアまでは数学と物理に関して父の要求に従わなければならないだろう。とにかく、それらの障害は乗り越えられる。そう結論を下すのは早かった。わたしは明確な考えをもって家に戻ることにした。バカロレアを取得して医学部に入学し、奨学金を得て、マリーとともに両親の家からきっぱりと離れるという計画を立てた。わたしとマリーにとって、それはわれわれが選んだわけでもないのに自分たちを不幸に陥れたこの暮らしに終止符を打つ唯一の機会だった。父から離れた場所でマリーと一緒に暮らせば、幸せになれると考えたのだ。

クリスマス近くに、わたしは両親に対し、自宅に完全に戻れるように未成年問題の裁判官に審理を開くように要求したと告げた。両親はとても喜んだ。父は、わたしの思春期の危機的状況がようやく終わったとほっとした様子だった。父は自分の願いどおりの暮らしを再開できると安堵したのだ。

二月に、審理は五月末に開かれるという通知があった。父は、五月末はあまりにも遅いと不満だった。よって、木曜日の授業が終わったら寮に戻らず自宅に〝避難〟してこいと言った。寮では、失踪は喧嘩と同様に頻繁に起こった。夜、指導員たちは警察署に失踪届を出すのが常だった。そうはいっても、失踪届を出しても何の役にも立たなかった。翌日になれば必ず戻ってくるはずの逃走軽犯罪者の捜索で時間を無駄にしようとする警察官は誰もいなかった。いずれにせよ、寮生たちは数日間を自由に過ごした後に自発的に戻ってくる。わたしが木曜日に家に帰れば、逃亡者の数が一人増えるだけだった。ある木曜日の夜に家に帰ると、父は、娘が自宅に戻ったと弁護士に連絡し、指導員たちがひょっとしたら心配するといけないので寮に電話をかけ、わたしが寮に戻りたくないと言っていると告げた。この一件があってから、審理は四月末に繰り上げられた。

審理の日、裁判所に着くと、待合室には両親とわたしたちの二人の弁護士がいた。今回は、お互いにできるかぎり遠い場所に座ろうとはしなかった。共同戦線を張るわれわれは一緒に法廷に入った。

着席するとすぐに、わたしは自分が失踪したために寮の規律を乱したことについて釈明した。裁判官に、寮生活にはもう耐えられないから自宅に戻りたいと説明しようとしたが、泣き出してしまった。

「疲れました。自宅に戻りたいのです。高校まで通学するには、毎朝四時半に起きなければなりません。もう耐えられません。バカロレアが間近です。このような生活が簡単だとお考えですか?」

机の向こうの裁判官は眼鏡に触れてわたしを見据えた。

「セリーヌ、わたしにはわからないわ。わたしたちに助けを求めに来たのはあなたでしょう。あなたはひどい虐待を受けた。そして今日、あなたはなぜ何事もなかったかのように自宅に戻りたいの?」

「家に戻りたいのです。もう寮では生活できません。毎日喧嘩があって、始終叫び声が聞こえます。あそこではバカロレアの準備ができません。寮でどうやって勉強しろというのですか?」

怒りがこみ上げ、裁判官に向かって話している間に、わたしの口調はほとんど叫び声になっていた。もし、三年前に家を出ていなければ、わたしは死んでいただろう。警察官、社会福祉士、裁判官たちは、わたしのことを真剣に取り合ってくれた。わたしを救ってくれたのはかれらであり、深く感謝している。しかし、寮の生活条件はあまりにも劣悪だった。それまで不満を述べたことはなく、やれと言われたことは常に実行してきた。だがその日、わたしは逆上した。肉体的にも精神的にも、もう耐えられなかった。

「寮生活が困難なのはわかったわ、セリーヌ。でも、自宅に戻るのはまだ時期尚早だと思うの。あなたの指導員たちからの報告書を読みました。日曜日の晩に寮に戻ってくるときのあなたは、ひどく元気がないと書いてある。あなたとお父さんは、もう少し時間をかけて一緒に暮らす方法を学び直すべきだと思うわ」

ボタニ裁判官は理知的な人であり、わたしの事情をよく心得ていた。すべての訴訟記録をひとつずつ最初から丹念に読み、虐待に関するわたしの供述が嘘でないことを知っていた。その日、法廷におけるボタニ裁判官はあぜんとした雰囲気だった。疑っている様子でもあった。わたしが自宅に戻りたいと言いだすとは思いもよらなかったのだ。しかし、ボタニ裁判官には真実を告げられなかった。両親はそこにいた。わたしは自分の説明に納得し、固執しているふりをしなければならなかった。わたしに選択肢はなかったのだ。成人になれば、児童社会支援機構（ＡＳＥ）からの資金援助は受けられず、医師になる夢を断念しなければならないかもしれない。わたしは怒りにまかせて退席してしまった。人前でそのような反応をしたのは初めてだった。自分を制御できなくなったのだ。長年にわたって蓄積された怒りが一気に爆発したのだ。裁判所の廊下で、家に戻りたいと喚《わめ》き、窓から身を投げて自殺すると金切り声をあげ、トイレに閉じこもったのだ。もう限界だった。

この騒ぎに驚いた弁護士が、すぐに何も言わずにわたしのもとへやって来た。わたしを慰めようと、母も一緒だった。父と父の弁護士は法廷に残ったままだった。しばらくすると気持ちが鎮まり、法廷に戻った。ボタニ裁判官は怒っている様子だった。わたしは彼女を落胆させたに違いない。ボタニ裁判官はわたしを保護しようとしたのに、彼女の努力を否定するかのような振るまいをしたのだ。だが、わたしがどうしても家に戻りたい以上、ボタニ裁判官は諦めるより仕方がなかった。あとは自己責任だった。

寮生たちは、なぜわたしが寮を出て自宅に戻るのかを理解できず、「わざわざ危険な目に遭うような真似をしなくてもいいのに」と不思議がった。

またしても、勉強するために犠牲を払うということが理解できないのだ。ファティマとわたしは、そのことについてしばしば議論した。

ファティマは、「わたしは脳みそを絞るつもりなんてないわ。十八歳になったら売り子の仕事を見つけ、失業保険か社会参入最低所得手当（ＲＭＩ）をもらえる権利が得られるまで働くだけよ。そしたら働くのをやめる。何もしなくても同じ収入なら、あくせく働くために毎朝早起きするなんてごめんだわ」と言った。

一方、わたしの考えは違った。働くのは、誰の頼りにもならないためだった。とくに、夫に頼る生き方はしたくなかった。自由でありたかったのだ。いちいち報告する義務なく、自分が選んだ道を生きるという自由だ。寮生たちには、もう一度やり直すために自宅に戻ると告げた。今度はマリーが一緒であり、父と向き合う際に以前よりも精神的に強くなれた。さらに、執行猶予付きの有罪判決を受けたことが父の頭から離れない様子であり、これはわたしを守ってくれた。

審理が終わった週末、身のまわりを片付けた。日曜日の夜に父がわたしを迎えに来た。寮を離れるのがうれしいわけではなく、やれやれという気分ですらなかった。サミアとは親友になり、ほかの寮生たちとも友情を育んだ。この新たな変化をわたしは自分に必要なものとして動揺することなく受け入れた。今後、少なくともしばらくの間はまたしても独りぼっちになるが、孤独には慣れていた。というのは、バカロレアの後、友人たちはそれぞれの道を歩むことになるだろうからだ。クレール、ローラン、ギヨーム、セバスチャンは、グランゼコール〔総合学校とは別のエリート養成機関。高等師範学校、理工科学校、国立行政学院などがある〕準備課程に進み、アンヌは薬学、サンドリーヌは社会経済学を専攻する。医学部を目指したのはわたしだけだった。初年度がたいへんなのは知っていたが、自分の夢を実現するために茨道を歩む覚悟はできていた。父の存在、そして初年度の授業が難しいことも、克服できない障害だとは思わなかった。わたしはまもなく自分史の新たなページをめくり、辛い過去と決別するのだ。

31　最後の闘い

バカロレアの後、父はパリに拠点を持つ会社の本社に新たなポストを得た。両親はパリ市内に引っ越した。わたしたちの暮らしが崩壊した家にとどまるのは、わたしだけでなく母やマリーにとっても精神的に辛かった。どの部屋にも嫌な思い出が残っていた。プレイルームは呪われた場所だった。プレイルームのプレイは何を意味するのか。じつに矛盾に満ちた名称ではないか。いずれにせよ、わたしが課した新たな規則のおかげで、ピアノのあるプレイルームのドアは固く閉じられたままだった。地獄への扉をまた開くことになるのではないかと恐れたわたしは、プレイルームに近寄らなかった。父は、何事もなかったかのように振るまうよりも、引っ越して過去の痕跡をすべて消し去るほうが自分自身を納得させることができたのだろう。

わたしたちが引っ越したアパートメントはかなり広かったが、そこにはもうプレイルームはなかった。プレイルームは、過去のわたしという怯えた少女がいなくなったと同時に消えたのである。練習用のピアノは、わたしの部屋のベッドの向かいに置いた。重い過去を背負った黒くて威厳のあるピアノは、埃《ほこり》をかぶった単なる家具になった。作曲の天才や演奏の才能のある者だけがピアノを美しい楽器にするのだ。言葉に命を吹き込む詩人のように、ピアノによって自分の気持ちを伝え、感情を生み出せればよかったのだが、操り人形のように扱われたのでは自己の内面は表現できない。ピアノというモノは、わたしの苦しみの道具でしかなかったのだ。

わたしは音楽を心から愛していた。音楽を深く愛するには、あれほどの暴力や犠牲など必要なかったのだ。いずれにせよ、音楽はわたしの一部であり、音楽なしでは暮らせなかった。ときどき、家に独りでいるとき、とくに父が不在のときにピアノの蓋を開き、わたしのピアノに生命の息吹をふたたび吹き込んだ。つかの間のひととき、自分の苦悩をメロディに乗せて昇華させるために鍵盤に軽く触れた。父の最大の失敗は、忍耐なら生み出せたであろうことを、力ずくで手に入れようとしたことだ。

両親の家でもう一度住むことになったが、わたしは以前の自分ではなかった。子どもだった頃のわたしは父のことを怪物だと思っていた。今日、実際の父は、見かけは強そうだが、か弱い人物にすぎないとわかった。わたしにとって、父との敵対は闘いでさえなくなった。いま、わたしは自分の自由を取り戻すために闘っている。それは自分の夢の扉を自身の手でこじ開けることだ。

すなわち、医師になることである。

自分が苦しんだように父を苦しめることができた。自分が父の凶暴さに直面したときに感じたのと同じ無力感を、父に味わわせることができた。父に立ち向かうためにわたしが見つけた唯一の手段は、自分が病気になることだった。わたしは拒食症によって自分の身体を制御する力を得た。そして拒食症は父の持つすべての権威を奪った。なぜなら、わたしが生きるか死ぬかを決める食生活に関して、父は単なる傍観者にすぎなかったからだ。父はなすすべもなく、このゆっくりとした衰弱を傍観するしかなかった。父はこのなすすべがない状況に怒り狂った。

父が威厳を失う姿を見るのは辛かったが、わたしは覚悟ができていた。青春時代にボードレールの詩の意味を深く考えた。

わたしは傷口であって刃物
わたしは打つ掌《てのひら》であって打たれる頬
わたしは四肢であって四肢を縛りつけた刑車
そして生け贄であって拷問者なのだ

〔「悪の華」〕

食事の際にはたまに顔を合わせたものの、父とはなるべく会わないようにしていた。食卓にわたしがいないと、父が激怒するのは知っていた。大学入学前の夏休みは、できるだけ寝坊した。父たちの食事が終わるのを見計らって、午後一時くらいに起き、外出してパリの街を散歩した。家にいたくなかったため、何時間も歩きまわった。家に戻るのは、しばしば夕飯が終わる頃であり、帰宅するなり自分の部屋に直行した。両親が寝ると、果物を食べ、居間で真夜中までテレビを観た。

医学部の授業が始まると、この中途半端な生活に終止符が打たれた。それはわたしの新たな人生の始まりであり、ようやく自分の人生が始まったと言うべきなのかもしれない。諦めずに努力したわたしは報われた。難局を乗りきったのである。夢を叶えるには初年度が重要だった。入学当初は八百人いる学生のうち、次年度に残ることができるのは八十人だけである。わたしはなんとしてもこの八十人の中に入らなければならなかった。自分自身との新たな闘いが始まったのである。

選抜試験は十二月と六月に実施される。

寮での生活パターンが復活した。階段教室の席取りのために、朝五時半に起きなければならなかった。朝七時に医学部の前に到着すると、閉じた重い扉の前にはすでに数人の学生が待機している。八時になり、扉の裏側から鍵を開ける音が聞こえると、学生たちはその日最初の全力疾走に備える。重い扉が開くと同時に、席取りの大群が飢えた野獣のように四階の階段教室まで駆け上っていく。一番乗りの学生たちは、最前列に自分たちのスカーフや鞄を置いて、後から来る友人たちの席を確保する。知り合いのいないわたしのような新入生は、自力で席を確保するために毎朝奮闘しなければならない。寝坊すると、評判の悪い教授の授業を受講する羽目になるのだ。

そんな環境であっても不安は感じなかった。わたしはもっとひどい体験をしてきたのだ。

夜、帰宅すると、「勉強する」ために自分の部屋に直行した。「勉強する」は父が黙認する唯一の行為であり、父はそれを「食べる」よりも優先していた。少し前から父は、わたしの食生活を指導するのを諦め、またしてもわたしの勉強方法に口出ししようとした。夜、父はわたしの部屋に足音を立てずに近づいてきて、部屋の様子を窺うためにドアに耳を押し当てるのだ。そして、わたしが勉強しているのか、それとも勉強するふりをしているだけなのかを確かめるために部屋に入ってくるのである。アパートメントのいちばん奥にある自分の部屋で独りぼっちだと孤独感が募るので、ラジオをBGMにしていた。これは父を異常に苛立てた。少しでも音楽が聴こえると、父はわたしの部屋のドアを乱暴に開け、ラジオを聴きながらまともに勉強できるわけがないだろうと怒鳴ってラジオを消すのだ。だが、父が部屋から出て行くと、父いわく気が散るもとであるラジオのスイッチをすぐにまた入れるのだ。父が気の毒なようにも感じたが、ドアの背後で怒りに青ざめた父の表情を想像するのはなんともいえない楽しみだった。

あっという間に十二月になった。授業がとてもいそがしい一方で、自由を獲得するために父と相変わらずばかげた闘争を繰り広げていたため、体重がかなり減ってしまった。朝、ベッドから抜け出すのがますます辛くなった。体重は三十一キログラムしかなかった。歩くのにも難儀し、いつも寒気がした。記憶力は減退し、授業についていくことがさらに難しくなった。そうした最悪の状態で初回の選抜試験を受けた。試験が終わったとき、落ちたと思った。

あの困難な時期、母は常にわたしを見守ってくれた。どんなことがあっても頑張り抜くように励ましてくれたのだ。母はわたしを大いに支えてくれた。拒食症は病気であり、わたしが「大丈夫よ」と装いながら、じつはまったくそうでないことを、母はわたしよりも理解していた。わたしは体重減という地獄のスパイラルに陥ったのだ。これを止められるのは死だけだった。母はわたしの食欲を減退させないように、野菜と魚がメインの低カロリーの献立を考えた。わたしに食べさせようと果物を買い、午後になると台所のテーブルでたくさんのりんごの皮を丹念に剥《む》いた。母は、わたしのためにりんごのコンポート〔砂糖煮〕をつくったのだ。りんごのコンポートは、わたしの唯一の好物だった。夜、ベッドの中で本を片手にりんごのコンポートを食べた。

父がわたしの健康状態を顧みなかった一方で、母はひどく心配した。わたしが家を出たとき以来、母はわたしを守ってあげられなかったという罪悪感に苛まれていた。わたしを拒食症に追い込んでしまったと思い悩んでいたのである。わたしは母をそんな気持ちにさせてしまったことを大いに悔やんだ。というのは、わたしが訴えかけたかった相手は母ではなかったからだ。わたしに対して自分の過ちを認めた母は、わたしの生活を快適にするために寸暇を惜しんで献身した。マリーも、衰弱するわたしの姿を見るのは複雑な思いだったようだ。父との関係から痩せ細ったわたしの姿を見て、母と妹は押し黙って苦しんだ。

それまでは、脅威を感じずに、そして懲罰を受けることなく年末を過ごした経験がなかった。その年は、人生初の穏やかな年の瀬になるはずだったが、緊張した雰囲気に包まれた。正月、マリーは中学時代の友人たちの家に招待された。一方、わたしはすべての招待を断った。というのは、まともに食べられない状態だったため、その場にいる人たちに不快な思いをさせてしまうからだった。両親と差し向かいでいるのは嫌なので、その晩は厳しい寒さにもかかわらず、父が仕事から戻る少し前に家を出た。それは悪夢に満ちた晩だった。寒さのなかを、あてもなく独りで何時間も歩いた。この特別な晩に、自分は取り残された人びとの仲間だと感じた。疲れ果てたが歩き続けた。深夜一時頃になり、両親はもう眠りについただろうと思い、こっそりと帰宅した。今になって振り返ると、あの途方に暮れたパリの散歩が転機になったと思う。パリの街をあてもなく彷徨《さまよ》うように、人生を諦めて終わりにすることもできた。わたしの呼吸は止まりそうだった。あのとき、父の視線を意識して暮らすのはやめるべきだと悟ったのだ。死という名の道に迷い込んだが、そこから抜け出して闘うことにしたのである。

次の週から二学期が始まった。新たな教科も増え、猛烈にいそがしくなった。二学期は、もう数学と物理は必要なく、記憶力を駆使する丸暗記の科目ばかりだった。暗記は苦痛だった。栄養不足状態のわたしの頭脳は回転が遅かった。起立しているだけで精一杯の状態だったのだ。

授業が再開してすぐに、一学期の結果が発表された。一次試験は通過できなかったが、あともう少しだった。希望が失われたわけではなかったのだ。頑張り抜くしかなかった。

六月の選抜試験のとき、体調がすぐれなかったので試験のたびに母が付き添ってくれた。母の使命は、階段教室の前で待機することだった。つまり、万が一、試験中にわたしが気絶した場合に、わたしが試験会場から退場させられるのを阻止する役目だった。なぜなら、試験会場から退出すれば、選抜試験を放棄したとみなされ、強制的に留年させられるからだ。

七月初めの結果発表の日は、わたしの人生で最悪の日のうちのひとつになるかもしれなかった。単なる数字によって自分の将来が左右される。合格者番号の掲示板の前に到着すると、自分の番号を無我夢中で捜した。不安の涙で目が曇った。わたしの番号はないのだろうか――?

いや、あった！　夢は叶ったのだ。闘いは無駄ではなかったのだ。大いなる誇りとともにパリ大学の医学部に入学できたのだ。将来、わたしはラファエル医師になるのだ。

この成功のおかげで、自分には明るい将来が待っているにもかかわらず、過去を反芻することによってあらゆるチャンスを無駄にしていると気づくことができた。自分の可能性をないがしろにしていたのだ。そんなことをしていたら、この成功は砕け散ってしまうだろう。死にたくないのなら、裁判官に審理を開いてもらうようにお願いする前に決心したように、父から遠く離れなければならない。すぐにでも奨学金を得て、マリーと一緒に暮らすアパートメントを見つける必要があった。わたしとマリーは、母の支援だけを頼りにして自分たちの力で引っ越しするのだ。わたしとマリーにとって、家を出るのは父から解放されるためであり、過去を忘れるためだった。

ようやく自分たちの人生を歩むときが訪れたのである。

エピローグ

わたしが施設に入所するために転校した際、高校の先生と友人たちがわたしに贈ってくれた寄せ書きに、スペインの作家の箴言《しんげん》が引用されていた。

〈過去を悔やむ者は、現在を失い、未来を危うくする〉。

過去を冷静に振り返り、それを受け入れることはしばしば困難が伴う。けれども、それは未来へ歩むために必要な作業なのだ。

虐待を受けた幼少期について、わたしは父を赦さなかった。あれほど長期にわたる虐待を、どうすれば赦せるというのか。

しかし、辛い過去から自己を解放するために、わたしは父を受け入れた。憎しみに生きるのは過去の囚人になることだ。わたしは数年間、父との交流を絶った。それは自分自身に働きかけるために必要な時間だった。

妹マリーとともに家を離れる際、わたしは学生支援機関（CROUS）の奨学金を得る準備を整えた。それはある社会福祉士の親切の賜物だった。この社会福祉士は、わたしとマリーの生活を支援するために、できるかぎりのことをしてくれた。幸運なことに、奨学生であっても借りられる格安のアパートメントが見つかった。アパートメントに固定電話を引いたが、静かに暮らすために電話番号は電話帳に登録しなかった。

準備がある程度整うと、マリーは友達の家に泊まりに行った。その夜、音を立てずに自分とマリーの衣服や本を段ボール箱に詰めた。翌朝、父が何も知らずに仕事に出かけると、小型トラックを借りに行き、引っ越しを決行した。母だけには引っ越しすることを打ち明けた。今度は娘が二人いなくなるのだ。母は悲しんだが励ましてくれた。

新しい生活をスタートさせたわたしは、研究に取り組みながらも医学の勉強を続行した。癌の研究に魅力を感じたのだ。インターンの選抜試験に受かる一年前に、科学学位を取得した。父とふたたび交流することを承諾したのはこの時期だ。父自身が変わったかどうかはわからなかったが、状況は変化していた。電話機のディスプレイに自分の名前が表示されてもわたしに電話を出てもらいたいのなら、そしてわたしの近況をいつでも知りたいのなら、父はわたしの選択を尊重し、わたしを一人の人間として扱わなければならなかった。反対に、過去のことはいっさい話題にしてはならなかった。父は、自分の父親に殴られたことを直視できないように、わたしの話を真実として受け入れられない。わたしは父に謝ってほしいとずっと思っていた。自分が前向きな気持ちになるためには、父が謝罪する必要があると考えていたのだ。だが、父はわたしに謝るつもりがないとわかり、わたしは諦めた。今日でもわたしは、父とある程度の距離を保っているが、いつの日か父と交流することは考えられる。

長い間、父はわたしのことを愛しているのだろうかと自問してきた。その答えはイエスだとわかった。ただし、父なりのやり方で。父は、わたしを愛していると口に出して言えないし、自分の気持ちを表わすこともできないが、何か問題が起これば、父はきっとわたしを助けてくれるはずだ。

妹マリーをはじめ、多くの人びとがわたしの態度を理解できないようだ。マリーはおそらくわたし以上に父をひどく憎んでいる。しかし、憎しみに心を奪われていて幸せになれるだろうか。死ぬときに何も後悔したくない。病院では、独りで亡くなる患者と接することがある。最期の瞬間を看取ってくれる家族がいないかれらは、ひどい苦悩を抱え、形容しがたい不安に苛まれているように見える。かれらが独りぼっちなのには何か原因があるのだろうか。本人の行ないが悪かったからなのか、それとも近親者たちがわがままだからなのか。絶望し、恵まれず、打ち捨てられたかれらと接すると、どうしてそんな状態になったのかと思わずにいられない。見知らぬ人たちに同情できるなら、自分の父親にも手を差し伸べられるはずだ。

母と縁を切ったことはない。わたしは母を愛しているし、母を必要としている。わたしを守ってくれなかったことは赦した。父とは逆に、母は毎日ひどい罪悪感に悩まされている。母はわたしたちのために常にできるかぎりのことをしてくれた。それは今日でも同じである。

ピアノには五年間まったく触れなかった。そして恋人ができ、彼のためにピアノを弾くのは喜びだとわかった。科学論文を書いているとき、わたしが働いていた病院にはピアノが置いてあった。病院は、気が向いたときにそのピアノを弾いてもよいと許可してくれた。そのピアノは緩和ケア病棟の近くにあった。夏に窓を開けてピアノを弾いていると、気がつくと入院患者の家族がわたしのピアノを黙って聴いていた。ある日のことだ。二人の婦人が窓の外にいた。部屋に招き入れると、彼女たちは腰を下ろした。緩和ケア病棟に入院中の彼女たちの父親は癌で余命いくばくもないという。わたしは、彼女たちのためにショパンのバラード第一番を弾いた。ほんのつかの間、彼女たちは不安を忘れ、和らいだ気分になったようだ。彼女たちはメランコリックなこのバラードを聴いている間、時の流れは、苦悩だけでなく喜びをもたらすのだと訴えかけるように、涙を拭うこともなく泣いていた。

その日、わたしは音楽の本質に触れた。ピアノで音楽を奏でることによって、自分は人びとの苦しみを癒すことができるのだとわかったのである。わたしをあれほど苦しめたこのピアノは、聴く人をほんの少し幸せにできるのだ。その日以来、病院にピアノが置いてあれば、できるだけ演奏するようにしている。使われなくなった調律の悪いピアノである場合が多いが、わたしの演奏によってそれらのピアノをよみがえらせるのだ。患者さんがわたしの演奏を聴きに来てくれるたびに、わたしの心は喜びで満たされる。


今日、わたしは充実した暮らしを送っている。自分が心から愛する職業に就き、深く愛する人と一緒に暮らし、毎日ちょっとした贅沢を楽しんでいる。自分の過去を否定するよりも、世の中を進歩させるために、そして周囲の人たちのために、自分の過去を利用することにしたのだ。児童虐待を防止する闘いに身を投じたのである。それは、わたしのような犠牲者を出さないためであり、できることなら自分が苦しんだことを知ってもらうためである。

現在、フランスでは虐待が直接的な原因で、毎日二人の子どもが死んでいる。フランス社会では、児童虐待は公の場での議論が憚られる話題であり、この悲劇に正面から取り組んでいる公的機関はまだ存在しない。児童虐待に関するデータを収集する機関の情報収集能力は、決定的に欠けている。そのため、フランスの児童虐待に関する統計は不完全である。こうして人びとの無理解が助長され、児童虐待の実態は闇に包まれる。そしてフランスでは、校医の数が圧倒的に不足している。

そうした事態をさらに悪くしているのは、児童虐待を早期発見すべき役割を担う医師を充分に養成していないことである。これはわたし自身が証言できる。わたしが学んだ医学部では、児童虐待に関する講義はなく、虐待の兆候の見つけ方は教わらない。医師や医師を目指す学生たちは、児童の身体検査に関する医師の権利と義務についてほとんど知識がない。将来、医師になって虐待のケースに遭遇しても、どこに問い合わせればよいのかわからず、ひとり途方に暮れることになるだろう。

児童虐待は社会全体が取り組むべき深刻な問題であると誰もが認識するために、政府は、児童虐待は国民的な大問題だと宣言する必要があるだろう。社会全体で話し合わなければならないのだ。児童虐待を効果的に防止するための手段として、政府は虐待防止を担う機関を設立するだけでなく、社会的サービスを充実させてほしい。すべての学校が独自の校医サービスを提供できるようにしてほしい。学校は、子どもたちが大半の時間を過ごす場である。したがって、虐待が発覚する確率が最も高いのは学校においてである。ただし、学校はそのための態勢を整える必要がある。

虐待で犠牲になるのは子どもだけではない。児童虐待は、個人的な惨事であるだけでなく、短期的および長期的な影響によって公衆衛生上のコストが莫大に生じる。それらのコストは、社会全体で負担しなければならないのだ。たとえば、揺さぶられっ子症候群による失明や発達障害、不安障害や鬱病、学習障害、拒食症、過食症、自殺未遂、軽犯罪、社会および職業への適応障害、世代を超えて連鎖する肉体的暴力などである。

本書を通じて、当事者の外部にいる人たちに、悪は必ずしも明白ではないとわかってもらえたらと思う。虐待の加害者は、世間ではしばしば尊敬すべき人物だと思われているため、犠牲者は沈黙することになる。

助けを求めるあなたの小さな声が、苦悩を秘めた小曲のように誰かの耳に届くことを切に願っている。

原書解説

虐待という地獄からの生還

ダニエル・ルソー
(児童精神科医)

◉――セリーヌへ

私は、セリーヌのことはほとんど知らない。

しかし私は、このか弱き若い女性が放つエネルギー、粘り強さ、決意に感嘆してきた。いつも前向きで笑顔を絶やさないセリーヌは、自らの辛い経験から導き出したメッセージを、一般市民、ジャーナリスト、政治家たちに静かに訴えかけてきた。たとえば、児童虐待の専門家を育成することや、この悲劇に行政が関与する必要性についてである。

セリーヌは、食事をとらせてもらえず、長年にわたって暴力を振るわれ、閉じ込められ、押し潰されそうな孤独のなかで暮らし、週末のたびに死ぬのではないかとまで怯えて暮らしていた。

彼女は自分の家族のおぞましい私生活に関する秘密を封印しながらも、皆の前でピアノの神童を演じるために練習に練習を重ねた。だが、誰もセリーヌに手を差し伸べなかった。

　子どもが奴隷のように暮らす。それはカーペットを縫ったりレンガや塩の入った籠を運んだりするために朝から晩まで働く途上国の子どもの話ではない。また、シンデレラのように外国の裕福な家庭に引き取られ、そこでこき使われる子どもの話でもない。そうではなく、本書に登場する子どもは良家の子女である。エピナル版画〔子女のしつけや童話を主題とするフランスの伝統的な彩色版画〕は、遠い外国での子ども奴隷の情景と、わが国では子どもの尊厳を守るという道徳律を対比させ、児童虐待を糾弾した。優雅に暮らす家庭における児童虐待を疑うには、どうしたらよいのか。子どもに完璧を要求すれば、あらゆる逸脱が正当化されてしまう。この奴隷にあてがわれる役務は、下働きではなく社会的エリートの行なう芸術活動であるだけに、周囲が簡単に気づくことはない。

◉――虐待と欺瞞

　巧妙な虐待はおもに心理面に働きかける。子どもには、「お前を罰するのは、お前のためなのだ」と述べ、周囲の者たちには、「あの子を罰するのは、あの子のためなのだ」と語る。このやり方で成功を収めたときが最も厄介である。そのとき子どもは、成功という美酒の酔いに毒されてしまうからだ。子どもを虐待することが虐待者の幸福になり、子どもは虐待者の喜びに巻き込まれる。このようにして虐待者は、子どもを利用する自己中心的な喜びを積み重ねていく。子どもが家庭内の錯綜と混乱を自力で解決するのはきわめて困難である。

セネカ〔ローマ帝国の政治家〕は、父タンタロスと子ペロプスとの間の致命的な勘違いを見事に描写している。

ペロプスはお前のもとに駆け寄った。それなのにお前は、不道徳にも息子を剣で殺した。おお、タンタロスよ、哀れなお前の息子はお前の手で切り刻まれた。お前は、自分の宮殿に招待した神々にそれを料理として供したのだ(*1)。

子どもは父のもとへと喜び勇んで駆け寄ったのだが、父は、駆け寄ってくる息子を柔らかそうな肉の塊としか見なかった。父は、自分の功名心から息子を神々の食卓にふさわしい珍しくて貴重な料理になると考えたのだ。しかし、これに気づいて激高した古代の神々はペロプスを助けた。

ペロプスは、自分の服を破ってみると肩の一部が象牙なのに気がついた。父に切られる前のペロプスの左肩は右肩と同じだったのに。かつて父は、神々の食卓に供するためにペロプスを切り殺したが、神々がペロプスの身体を集めてつなぎ合わせたという。だが、喉と腕の間の部分だけが見つからなかったので、その部分に象牙を埋め込んだ。こうしてペロプスは完全に蘇生したのである(*2)。

ペロプスは助かったものの、無傷ではなかった。

それはセリーヌの物語が提起する疑問のひとつである。虐待された子どもは、残酷な体験に遭遇した後に完全に回復できるのか。そこから抜け出せるのか。レジリエンス〔立ち直る力〕を発揮できるのか。セリーヌのようにイエスの場合もあるが、それは稀なケースだろう。多くの者は、自分たちの将来や成長の負担になる重い代償を払うことになる。

◉——もうひとつの疑問

子どもは、虐待されているにもかかわらず、なぜすぐに打ち明けられないのか。

大人たちは、子どもが自身の苦難を明らかにするのは簡単なことだと考えがちだ。惨事がようやく明るみに出たとき、なぜもっと早く言わなかったのかと子どもを叱る者さえいる。

「どうしてわたしたちに話してくれなかったの？」

そのような大人たちは、自己を服従から解き放つには、どれほど大きな勇気が必要なのかをわかっていない。そうした状態が、本来は保護者であるべき人物によって課せられたのなら、なおさらである。子どもが自らの保護者による虐待を意識し、これを糾弾するには、並はずれて成熟した精神が必要であり、また極度の痛苦を伴う。そして、そのような大人たちは、逃げると決めた奴隷には悲惨な運命が待っていることもわかっていない。すなわち、逃亡した子どもは、疑われ、孤独になり、放浪し、ひどい目に遭うのだ。さらには、フランスにはそうした困難を抱える子どもに手を差し伸べる環境がまったく整っていない。

こうした背景から、私はセリーヌが自身の驚愕の物語を証言する際に示した勇気に感嘆している。それは自身の語りによって多くの命を救うためだ。しかし、恐怖に関する真実を理解しようとする者は誰もいない。真実を告げるために発言するのは、世間を掻き乱すことなのだ。フランス社会は、犠牲者が沈黙し、恥辱は自身の胸にしまい込むように強いる。うわべだけの平和と社会秩序を維持しながら、波風を立てないでいることのほうが重要なのだ。暴力と冷や汗は人目のつかないところに追いやり、悲惨な暮らし、ありふれた粗暴、人間に宿る野蛮さは隔離しておくのだ。目を背け、耳を貸さず、自分のことだけを考え、何も知ろうとしない。こうした傾向は児童虐待でより明らかになる。誰も児童虐待を直視したくないのだ。なぜなら、それはわれわれ人間の本性、そして家族の本質にさえ触れることだからだ。すなわち、それは最も弱い者たちが自己の存在を弁明しなくても、かれらに配慮することであり、次世代を担うかれらを保護することである。

幼児の虐待が起きたとき、その事実を前にわれわれが硬直してしまうのはなぜか。実際に多くの子どもが傷ついているのに、それらの事実を信じようとせず、さらには証拠を疑問視するのはなぜか。

なぜなら、われわれの現代社会は、時代錯誤な父権主義と嬰児殺しに関する否認の上に築かれているからだ。

子どもは、明文化されているフランス法、ヨーロッパ法、そしてフランスが批准する国際法によって保護されている。しかし、太古の時代から存在し、言語や日常生活にしみ込んでいる不文律は、われわれにまったく別のことを囁く。太古から受け継いだこの不文律とは父権主義であり、それは子どもを家父に帰属する動産のごとく定義する。子どもが生まれると、生まれた子どもは、家長が家族で面倒を見ると決めた場合にかぎり家族になれた。逆に、家長が面倒を見ないと決めた場合、生まれた子どもは放り出されるか、野生動物の餌食になった。家父は子どもに対する絶対的な権力を持っていたのだ。すなわち、生かすか殺すかの権利、子どもを感化院〔保護者のいない子どもや非行少年少女の保護・教化の目的で設けられた施設〕に送る権利〔一九五八年に廃止〕、奴隷として売り飛ばす権利、婚姻を決定する権利などである。

法律は変わったが、父権主義から両親がともに権利を有する今日の法制度に移行するには二千五百年もかかった。フランスの場合、両親の権利が完全に平等になったのは二〇〇二年三月である。父権主義は、われわれが意識しなくても、いまだに家族生活にしみ込んでいる。

「やめないのなら、今晩、お父さんに言いつけるわよ。お父さんはきっとお仕置きするわ」

「お利口さんにしていないと、寄宿舎に入れるわよ」

「お父さんお母さんの言うことを聞かないと、あなたをどこかに売り飛ばすわよ」

父権絶対主義を神聖化するこの不文律は、家族のあり方に口出ししない。社会はこれまで嬰児殺しを強く否定してきたにもかかわらず、この不文律により、産児制限の手段として嬰児殺しは許容されてきたのである。

私は二十年来、児童社会支援施設で働いている。最近の歴史調査で、私が勤務しているアンジェ〔フランス西部〕の託児所は、かつて修道院だった建物の庭に建てられたことがわかった。その庭は遺棄された嬰児たちを埋葬した墓場だったのだ(*3)。これはつくり話ではない。慈善施設は見捨てられた嬰児を大量に受け入れ、嬰児たちはそこで死んだのである。フランスでは、十七世紀から十九世紀にかけて六百万人以上が慈善施設で死んだという。嬰児の十人に九人は命を落とした。捨て子は慣習的な嬰児殺しに相当したのである。知りたいとはまったく思わないが、この歴史的腐食土の上に建てられた場所で、われわれは働き、暮らしているのだ。

これまで長い間、われわれの社会では嬰児殺しは産児制限の唯一の手段だった。だが、それはいまだに公の話題にならず、悔悟の念が表明されることもない。われわれの心に常によぎるその歴史的事実は無視され続けている。われわれは、家庭の冷蔵庫から嬰児の死体が発見されたといった嬰児殺しに関するニュースに驚愕する一方で、自分の子どもたちに『三匹の子豚』を語って聴かせるときに、狼に食べられた子どもの数よりも豚の餌になった嬰児の数のほうが多かったことは忘れている。そうした観点から十九世紀の法医学の書物を読むと、驚くばかりである。

太古から続く父権主義や嬰児殺しを認める不文律がわれわれの脳裏に無意識のうちに宿ってい

るため、今日、児童虐待に直面しても、われわれは「見ざる聞かざる言わざる」になってしまう。というのは、子どもは法律で保護されるとしても、われわれの心理の奥底には、子どもの生活や幸せよりも親に絶対的な権力があるという意識があるからだ。

◉――子どもに対する大人の願いはどこから虐待になるのか

子どもが読み書きをマスターし、スポーツを楽しみ、科学、文学、美術、音楽に親しむようになってほしいと願うのは、親なら当然だろう。そしてどの分野であれ、優秀な成績を収め、それなりの成果を出すと同時に、社会的に認められてその努力に応じた報酬を手にしてほしいと望むはずだ。しかし、子どもの幸せを願うこの思いは、いったいどのあたりから暴君になり、育てるとは正反対に若い芽を摘むことになるのか。

親はしばしば基準を見つけることによって、その回答を見いだそうとする。すなわち、何時間くらいまでなら、何歳からなら、という回答である。しかしながら、答えは子どもの様子にある。子どもは楽しいと感じているか、子どもは嫌だと言っていないか、子どもはなんと言っているのか、どう思っているのか。子どものやりたいことを認めるのは、その子を一人の責任ある人間として扱うことだ。それは、子どもが努力する過程で子どもを支援しなくてもかまわない、あるいは子どもが誓った約束を守るように促さなくてもよい、またできるかぎりの努力をするように注意しなくてもよいという意味ではない。そうではなく、子どもを傷つけることなくその子の性格を鍛え、自尊心や自信を育むための正しく確固とした冷静な要求をすべきなのだ。

ある父親が私に語った。

「先生にお会いしたかったのは、息子マルティンのことで相談したかったからです。わたしはマルティンのお稽古事について厳しすぎたようです。マルティンは一所懸命練習していたのですが、わたしはいつも注意していました。ある日、マルティンが目に涙を浮かべているのに気づきました。マルティンは寡黙になりました。マルティンのことがとても心配です」

父親の中で優しさよりも無分別な欲望が勝ってしまったのだ。したがって、境界線は、練習をきちんとこなしてほしいという（節度があるのならプラスの価値を持つ）要求が、建設的ではなく破壊的になったときである。子どもによって感じ方は異なる。子どもではなく親のほうが、子どもの性格に合わせ、子どもの能力に歩み寄る必要があるのだ。

私は、親たちだけでなく、教育者たち（学校の先生、スポーツのコーチ、大学の教授など、あらゆる分野の先生と呼ばれる一部の人たち。もちろん全員ではない）が子どもたちに対して取る態度にも驚いている。かれらは、子どもたちを侮辱したり、ばかにしたり、差別したりしてもかまわないと思っているようだ。スーパーマーケット、サッカーグラウンド、テニスコート、下校時などの公共の場で、自分の子どもを脅したり、罵倒したりする親の姿を目にすることがある。そのような光景に背筋が凍る思いをすることもある。たとえば、お稽古の際に、子どもが信頼してくれているのに罵倒したり、頑張っているのに屈辱的で常軌を逸した罰を科したりすれば（最もよくあるのは、今年のクリスマスにサンタクロースは来ないという脅し）、それはとどめの一撃になる。

子どもに対して威圧的な態度を取る親は、子どもを尊重しなくなるようだ。自分の子どもに配慮が足りないそのような親たちは、ほとんどの場合、客人、近所の人、通りがかりの人が自分の子どもを自分たちと同じように「扱う」と憤慨するだろう。若い親ほどそうした傾向がある。ここに虐待に関するもうひとつの目安がある。あなたの隣人があなたの子どもに対し、あなたと同じ言葉遣いで話しかけるのを許容できるか。職場の同僚や上司があなたに対して同じように罵るのを許容できるか。大人の世界では、精神的な暴力であるモラル・ハラスメントは一般的な概念になったが、子どもに対しては、モラル・ハラスメントであると意識せずに心理的暴力を振るっている大人がいる。かれらは、「わたしには権利がある。それはわたしの子どもだ」と言う。太古の昔から十九世紀までは当たり前だったこうした考えは、現在では完全に時代錯誤である。

教養と思慮のなさや、無知も事態の悪化を招く。ある両親が子どものおねしょを治そうと思い、子どもの気持ちを考えてやるのではなく、イグサでつくった鞭で子どもを叩いたと私に説明した。別の親は、夜寝つけない子どもを殴ったり罰したりしたという。大人に対してまったく同じ治療法を適用しようと考える者は誰もいないだろう。登校拒否を起こした子どもの親の中には、子どもを軍隊式に小学校や中学校へ無理やり引き戻すために、教師たちと結束する者たちもいる。精神的に出社が困難になった社会人に対してなら、このような扱いは許容されるだろうか。学校に行きたくないと泣く子どもは怠け者ではない。その子は、学校の勉強についていけない、あるいはクラスメイトや先生とうまくいっていないなど、なんらかの理由を抱えているのだ。

子どもが困難を抱えると、それが反抗的な態度になって現われるため、大人が気づくことがよくある。だが、子どもを反抗的な態度にさせる心理的苦悩について考えもせずに、「そんなふざけたことをして。わざとやっているのでしょ。お父さんお母さんを困らせたいのよね」と叱ってしまうのだ。子どもを「聞き分けがない、幼い、わがままだ、かわいらしくない、言うことを聞かない」と決めつけ、将来とんでもないことになると子どもを脅す前に、なぜ医師や心理学者の見解を求めようとしないのか。

◉——最後の疑問

セリーヌの物語は、偶然の出来事にすぎないのか。虐待を受けるのは、経済的に恵まれない家族の子どもたちだけなのか。名家の子弟であっても虐待を受けるのか。その答えは神話に見いだせる。神話をひもとくと、神々の子どもであっても虐待されたことがわかる。

ヘーパイストスの例を挙げよう。ヘーパイストスは生まれたとき、両親であるオリンポスの王ゼウスとその妻ヘラーに虐待された。パウサニアス〔二世紀ギリシアの旅行家〕は次のように記している。

ギリシア人たちは次のように語る。ヘラーは、生まれてまもない息子ヘーパイストスを

〔オリンポスの天から〕投げ捨てた。このひどい仕打ちを忘れなかったヘーパイストスは、ヘーラーに見えない紐のついた玉座を贈った。この玉座に腰を掛けた途端、ヘーラーは玉座に縛り付けられた。（ヘーラーを解放するように）ヘーパイストスを説得できる神は誰もいなかった（＊4）。

この言い伝えのもうひとつの形式は、アポロドーロスが記している。息子を虐待したのは父親ゼウスである。

　オリンポスの天空に吊された母を救おうとしたゼウスは、ヘーパイストスを天から投げ捨てた。レムノス島に落ちて足が不自由になったヘーパイストスは、テティスに拾われ、介護を受けた（＊5）。

さらにまた別の文献には、ゼウスが子どもを船から投げ捨てた様子を語るヘーラーの証言を、ホメーロスが記している。

　私自身が生んだわが息子ヘーパイストスは、虚弱で足に障害があった。だから、ヘーパイストスの腕を摑んだゼウスは、ヘーパイストスを大海に投げ捨てたのだ（＊6）。

ヘーパイストスは父の暴力を恐れ続けた。

「(……) それ故母上にも忠告しますが、御自身とてよくご承知のとおり、
父上ゼウスの御機嫌をとりつくろって、今後は二度と再び
父上のお叱りを受けげず、私どもの饗宴《うたげ》もそれでぶち毀しになどなりませぬよう。
何故とならもしオリュンポスにおいでの　電光《いなずま》を擲《なげう》つ御神が（私らを）
この座から突き落そうとされたら大変。ずっとお強い方ですから。
それ故貴神《あなた》は優しい言葉で　大神様へお会釈なりませ。
そうしたら直ぐオリュンポスの御主《おんあるじ》も　私共にお優しくして下さいましょう。」
　こう言うなり、とび立ちながら　両耳の付いた台盃《だいさかずき》を
おのが愛しい母神の手に据えおいてから、さて言葉をかけるようには、
「我慢なさいませ、おん母上、よし辛くともまず辛抱が第一のこと、
それこそ大切にお思いしている母上が　どやされるのをこの眼の前に
見るようなことのありませぬよう、そしたら如何《どんな》に気を揉もうとてお助けも
叶いませぬゆえ。全くオリュンポスの御主は対抗《はむか》うことも難しいかた。（……）」（＊7）

ヘーパイストスは、人里離れたところで自分を死から救い出し、介護してくれ、深く愛してく

れた「ホストファミリー」であるテティスとエウリュノメーにずっと感謝した。ホメーロスは、大人になったヘーパイストスがテティスを自宅に迎える場面を詳しく物語っている。

さても白銀《しろがね》の足のテティスは、ヘーパイストスの館に着いた、
朽ちることなく、星を鏤《ちりば》め、不死なる神らの中にも　殊さら目立つ
青銅づくりの宮居こそ　脚の曲がった御神《みかみ》が御自身して築かれたもの、
見れば御神は、汗をたらして体をねじ曲げ、しきりに鞴《ふいご》に
かかっておいでの、(……)
(……) 世にも名高い彎脚神《まがりあし》が答えるようには、
「こりゃ全く、大層な、畏《かしこ》い方がおいでたものだな、
私が遠くへ落《おっ》ことされて難儀したとき、助けてもらった方なのだよ、
あの恥知らずな　母上の思惑ゆえに——それも私が跛足だもので、
隠しとこうと決心された。その時私は随分　辛い思いをしたことだろうよ、
エウリュノメーとテティスとが、もしふところに迎え入れて
くれなかったら、渦巻きかえすオーケアアノスの　娘エウリュノメーだ。
二人の許《もと》で九年の間を　私はいろんな金属《かね》の細工に過ごした、
ブローチだの、曲った螺旋留《うずまきど》めだの、花萼形《うてながた》だの頸飾だのを、

中の空《うつ》ろな洞窟に居て。その周囲《まわり》を極洋《オーゲアノス》の流れが、
ぶつぶつ泡を立てながら　際涯《はてし》も知らず流れわたれば、他に
神々とて、やがて死ぬべき人間とて、誰一人として知る者なく、
知っていたのは私を助けた　テティスにエウリュノメーだけ。
その方が、さあ、おいでたのだ、それ故是非とも今度は十分、
鬘《みずら》も見事なテティスさまに　命拾いの　御恩を返さねばならない。
それゆえお前は早速、御饗応《おもてなし》の　設《もう》けを立派にしてさし上げろ、
その間には、鞴《ふいご》や他の道具はすっかり　片づけようから。」
　こう言って、鉄砧台《かなしきだい》から　驚くばかりの巨《おお》きな姿に立ち上った、
跛足を曳《ひ》き曳き、下には細《ほっ》そりした脛《すね》をせかせか動かし、
鞴《ふいご》は炉から引き離して置き、今まで仕事に使っていた
道具類もみな白銀《しろがね》づくりの　筐《かたみ》の中に集めて納《い》れた。
それからスポンジ（海綿）を取り、顔のあたりや両手や、
がっしりした頸、粗毛《あらげ》の生えた胸などを　よく拭ききよめ、
胴着を着ると、がっしりとした杖を手に執《と》り、外へと跛足を
曳き曳きでかけてゆけば、（……）（*8）

ギリシアとエジプトのすべての神々も、ヘーラクレースとハルポクラテースの言い伝えを残している。二人とも子ども時代に虐待された。ヘーラクレースは怪力とたゆまぬ労働力を誇り、ハルポクラテースは奇跡を起こす力をもつ。二人とも虐待を受けた反動で培ったレジリエンスを発揮した。

アポロドーロスは次のように語っている(*9)。オリンポスの支配者〔ゼウス〕に誘惑されたアルクメーネは、二人の子どもを生んだ、すなわちゼウスには一夜だけ年上のヘーラクレース、アムピトリュオーンにはイーピクレースを。諸説あるのだが、復讐心に燃えたゼウスの妻ヘラーか、あるいは二人の子どものどちらが自分の子どもかを知りたがったアムピトリュオーンが、二人の子どもを殺そうと思って数匹の蛇を臥床《がしょう》に送った。まだ赤児だったヘーラクレースは、それらの大蛇を絞殺し、初の偉業を成し遂げた。これはヘーラクレースの怪力を示す初の逸話になった。

ギリシア人たちは、ハルポクラテースについてはヘーラクレースの無意識の借用であるとみなしているが、ハルポクラテースは、嫉妬と破壊を象徴する神である意地悪な叔父セトに嫌われた。セトは、ハルポクラテースを殺害しようとして、彼の臥床にサソリや蛇などあらゆる恐ろしい動物を送り込んだ。しかし毎朝、ハルポクラテースは生き延びた。ハルポクラテースの母イシスが息子を治癒し、匿ったのだ。ハルポクラテースの石碑は、しばしば手に蛇を持ち、ワニにまたがっている。死を逃れたハルポクラテースには、生者を守る力があるとされる。この効能から、ローマ人のお守りや指輪の飾りには、ハルポクラテースの肖像が使われているのだ。

少年ハルポクラテース像は、人差し指を唇に押し当てて諭す姿でも描かれている。沈黙するように命じているのだ。この姿は、神の秘儀に対して沈黙を命じるものとしてしばしば解釈される。だが、戦争、強制収容、専制、全体主義、虐待などの恐怖を味わった人物、つまり、人間は最悪のことであっても行ないうると知っている人物に課せられた、あるいはそうした人物が選んだ沈黙という行為を表わしているとも読める。すなわち、生き残った者たちは沈黙せよ、生者の饗宴を邪魔するな、ハルポクラテースよ、人間の狂気からわれわれを守ってくれ、という意味である。

児童虐待はすべての社会層に存在する。

裕福な家庭に見合う社会的素養を身につけろという要求は、子どもに極度のストレスを与える要因になる。児童虐待を告発するのは、経済的にあまり恵まれない家庭や自己弁護に慣れていない家庭よりも、裕福な家庭の場合のほうがはるかに難しい。一九三二年にフェリンツィ・シャンドール〔ハンガリーの精神分析医〕は、次のように記している。

信じられないかもしれないが、名家やピューリタンの伝統をもつ家庭に生まれた子どもであっても、暴力や性的虐待の犠牲になっている(*10)。

読者は、時代は変わり、子どもに対する教育方針も進化したと思うかもしれない。現在、子どもはや以前にくらべて法律によって保護されている。書類や演説の上ではたしかにそのとおりだ。しかし、二〇一三年のフランスには、子ども時代の一時期に家族から引き離された経験をもつ未成年者が五十万人存在し、毎年の嬰児殺しの件数は殴り殺された女性の数を上まわっている。また、児童虐待に関する利用可能な稀な統計(*11)によると、追跡対象になった件数は増加の一途を辿っている。それらの事実からは、子どもに関する考えや世間の意識が進化して、誰もが以前よりも幸せな暮らしを送るようになったとはとても思えない。

◉──結びにかえて

話すことは聞くことを前提にする。そして聞くことは出会いを前提にする。語ろうとする子どもにとってのリスクは聞いてもらえないことだ。子どもにとって、無駄に語ることは、沈黙するよりも悲惨だ。食いものにされたり、対策を放置されたりして精神的に悲惨な目に遭い、自分の親の保護者としての能力に残酷な幻滅を味わうだけでなく、人との繋がりに希望をまったく見いだせなくなる。

セリーヌが虐待という地獄から生還できたのは出会いのおかげである。セリーヌのことを親身になって考える人が、セリーヌは両親の一方的な気まぐれに従う子どもではないと判断したからだ。セリーヌが語るように、それは保健師だった（その保健師がテティスだろうか?）。セリーヌに第二の人生を与えたのはこの保健師である。

子どもはやり直しがきくのだろうか。

コンピュータゲームで主人公が死んでも、主人公はクリックするたびによみがえるように、子どもは何度でもやり直しがきくのだろうか。

とんでもない！　人生はコンピュータゲームのようにリセットできない。

しかし、それでも私は、セリーヌ、君が新たなゲームにチャレンジすることを望んでいる。

註

（1）『セネカ悲劇集　2』岩崎務他訳、京都大学学術出版会、一九九七年。
（2）オウィディウス『変身物語』上・下、中村善也訳、岩波文庫、一九八一―一九八四年。
（3）公共の場所に嬰児を遺棄する、慣習的な嬰児殺しという行為は、古代ギリシアおよび古代ローマの文化にまで遡る。慣習的な嬰児殺しは、十九世紀半ばまではヨーロッパでも頻繁に行なわれ、嬰児を匿名で回収する「巡回」が普及したことによって社会制度にさえなり、一八一一年一月十九日の勅令によってこの巡回は義務になった。
（4）PAUSANIAS, I, 20, 3.
（5）Pseudo-APOLLODORE, I, 3, 5.
（6）ホメーロス『ホメーロスの諸神讃歌』沓掛良彦訳、筑摩書房、二〇〇四年。
（7）ホメーロス『イーリアス』上、呉茂一訳、岩波文庫、一九五八年、四三―四四頁。
（8）ホメーロス『イーリアス』下、呉茂一訳、岩波文庫、一九五八年、一二七―一二九頁。

(9) アポロドーロス『ギリシア神話』高津春繁訳、岩波文庫、一九五三年。

(10) FERNCZI (Sandor), *Confusion de langue entre les adultes et l'enfant* [1932], Paris, Payot & Rivages, coll, « Petite Bibliothèque Payot », (n°521), 2004, 96 p.

(11) 二十一世紀初頭にもなって、フランス政府が児童虐待に関する信頼できる数値を定期的に提供する公的機関を設立していないことには憤りを感じる。統計作成のために施行された法律には効果がない。

日本語版解説

暴力と支配に抵抗する文化を創る

――セリーヌの物語が教えてくれること

村本邦子
(立命館大学教授、臨床心理士)

◉――虐待に眼を向けると気持ちが揺さぶられる

セリーヌの物語を読まれたみなさんは、いま、どのように感じておられるだろうか。虐待に眼を向けると、気持ちが揺さぶられるものである。あまりに残酷な物語に、恐怖や憤りや悲しみを感じるかもしれない。もしかすると、自分にも似たようなことがあったと感じ、「わたしにも些細な体験はあったが、ここまでひどい思いはしなかった」、「それに比べれば自分の話など取るに足らない」とか、逆に「結局のところセリーヌは助けてもらえたし、人生に成功したじゃないか。自分はもっとひどい目に遭ったし、誰にも理解されず、今も苦しみ続けている」など、自分の過去と比べ、心穏やかではないかもしれない。あるいは、自身の子育てを振り返って、「自分も子どもにひどいことをしたかもしれない」と不安になったり、「いや、そんなことはない。すべては子どものためを思ってのことだった」と自分に言い聞かせたりするかもしれない。

虐待に眼を向けることは、子ども時代を思い起こすことでもある。それに苦痛が伴うのなら、眼を閉じてしまうか、自分から遠く離れたところに押しやってしまいたくもなるだろう。けれども、今一度、湧き上がってきた自分の感情や辛い記憶に眼を向け、落ち着いてそれに向き合ってみよう。虐待という問題に向き合おうとするなら、まずは自身の感情をありのままに受け入れる覚悟が必要である。自分のペースでかまわない。もし、苦痛が大きすぎるなら、慌てることはない。自身の感覚を大切に、時がくるのを待とう。自分を信じ、自分を大事にすることができなければ、子どもを信じ、子どもを大事にすることはできないのだから。

◉──「否認（ディナイアル）」というメカニズム

セリーヌの物語に登場する人たちは、なぜセリーヌがひどい経験をしていることに気づかなかったのだろうか。たとえセリーヌが話さなくても、母親には多くの手がかりがあったはずではないか。後に事実を知って、いったんはレッスンを止めたベルトラン先生は、本当に何も気づいていなかったのか。通告がなされて養護施設に入ったというのに、施設の職員や社会福祉士がセリーヌに「虚言症」のレッテルを貼るとは、いったいどういうことなのだろうか。

これらはすべて、「否認（ディナイアル）」という心理メカニズムと関わっている。人の心は、現実として受け入れがたい事柄を、なかったことにして衝撃を避け、精神のバランスを保とうとする。「親が子どもを虐待するなどありえない」と信じたいがために、その可能性を否定したり、過少評価したりしようとするのだ。たとえば、「こんなことがあるなんて信じられない」、「音楽の国フランスならではの話ではないか」、「虐待はすさんだ貧困家庭の話だと思っていた」といった反応である。ショッキングな話に触れた人は、まず、現実を否定しようとする。「信じられない」とか「ありえない」という反応の次にくるのは、「もしあるとしても、文化の違うどこか遠くの国の話だ」、「自分とは関係のない貧困層の話だ」などと、なるべく自分自身から遠ざけて理解しようとする反応だ。実際に、一九九五年の日本でも、専門家が新聞のコラムに「虐待は西欧のもので、日本文化は子どもを大事にする」と書いていたことを思い出す。

◉――虐待は白黒ではなくグラデーション

現代日本において、虐待はセンセーショナルな話題になった。虐待死の事件報道は後を絶たず、二〇一五年には、二十四時間三六五日対応の虐待専用電話「189」が設置された。児童相談所には虐待対応の専属職員が置かれ、職員の数も増えたが、虐待はいっこうに減らず、児童相談所は破綻しかけている。「近所から子どもの泣き声が聞こえる。虐待ではないか」と人びとは監視し合い、匿名で通報するように促される。こうした通報に対して、専門家はそれぞれのケースが虐待かどうかを判断し、介入の有無を決定する。このような白黒をつけるシステムによって、果たして虐待をなくしていけるのだろうか。

虐待とは、親や周囲の大人が自分の持つ力を利用して、自分の価値観を押しつけ、子どもを思いどおりに管理・支配しようとすることである。自身にとって都合の悪い部分や受け入れがたい部分は強引に排除する。手っ取り早く身体的な暴力を用いる場合もあれば、言葉の暴力によってふだんから子どもを貶め、主体性を奪い去るケースもある。一見、暴力であるとはわかりづらい、眼差しや巧妙なふるまいによる精神的な虐待もあれば、「真綿で首を絞められるような」と表現されるように、愛情という名の下に行なわれる欺瞞に満ちた加虐行為も少なくない。このように、虐待とは大人の都合に合わせて子どもを道具のように扱うことである。子どもを身代わりにして自分では叶えられなかった夢を実現するために、自分が良い親であることを証明するために、あるいは単に感情のはけ口として、しばしば子どもが利用される。その意味において、虐待は白か黒かではなく、グラデーションを成している。

子どもの主体性を尊重するということ、それは、ひとりひとり違う子どもの多様な個性を受け入れ、そのたびごとに大人が自分自身の世界を広げていくことを意味する。子どもをありのままに受けとめ、子どもの存在を慈しむことができれば、自分の小さな世界に子どもを閉じ込めるのではなく、子どもの世界に合わせて自分の世界を広げる喜びが得られることだろう。自分自身が変化にひらかれて初めて、子どもという他者と対等にあることができるのだ。

しかし、大人といえども不完全な人間であるから、これは「言うは易く行なうは難し」である。

虐待親を絶対悪として糾弾しているかぎり、自分自身も過ちを犯しうる弱くちっぽけな人間であることを忘れてしまえるだろう。ところが、自分を絶対善の立場に置くところから、支配は始まるのである。暴力によって秩序が保たれているこの世界（実際には破綻しているが）において、純白な子ども時代を送った真っ白な人はまずいないだろう。ほとんどの人が、自分の中にグレーな部分を持っている。そして、自分の歪みの度合いに応じて、他者、とくに自分との関係における弱者に対して、その歪みを押しつけてしまう。虐待は決して他人事ではない。グラデーションの濃淡に違いがあるだけなのだ。自身が被害者にも加害者にもなる可能性があることを自覚し、互いの弱さを補うために助け合いながら、グレーの部分をほんの少しずつでも白くしていく努力をしなければならない。

◉――愛と支配の危険な組み合わせ

人は誰しも、親は子どもを愛するものだと信じたい。しかし残念ながら、現実には、親が子どもを愛することもあれば、愛さないこともある。それは子どもの責任ではなく、大人の問題だ。たとえ愛していても、暴力的な言動をとってしまうことがある。愛と支配は別物だが、しばしば、それらは分かちがたく結びついてしまう。「支配する／される」という関係性は、間違いなく私たちの文化の一部を成している。

体罰教師が人望を集め、「先生、うちは男の子ですから、厳しくビシビシ鍛えてください」と言う親もいれば、それとは反対に、「親には愛情があるから多少の体罰は許されても、赤の他人である教師の体罰なんて許せません」と言う親もいる。たとえ子どもが好ましくないことをしたとしても、通りすがりの人が我が子を殴ってもかまわないと思う親はいないだろう。子どもに体罰が必要かどうか、そして誰ならそれが許されるのかを決定する権利を親は持っているのだろうか。

日本の民法はいまだに懲戒権を認めている。二〇一一年に改正されたものの、民法には「親権を行う者は、子の利益のために子の監護および教育をする権利と義務を有し、必要な範囲内でその子を懲戒することができる」と記されている。セリーヌの父親も、「多少厳しかったかもしれないが、〝必要範囲内〟の教育だった」と主張したことだろう（ちなみに、フランスでは、かつて存在した懲戒権の定めはすでに削除されている）。いったいどこからどこまでが〝必要範囲内〟だと言えるのか。

そもそも体罰や脅しは必要なのだろうか。そうしたやり方が子どもにどのような影響を及ぼすのかについて、セリーヌは克明に記述している。常に怯え、不安に苛まれ、重苦しい気分で、悪夢にうなされる。自分を表現したり、ノーと言うことができず、生き延びることだけを考えるようになったという。体罰や脅しにはさまざまな弊害がある。たとえば、自己評価が低く自信が持てない、自発性が育たない、善悪の判断ができない、暴力を受け入れてしまう、攻撃的になりやすいなどだ。そして、人生のさまざまな選択が、その場その場の状況や相手との権力関係によって決定され、他者との関係はすべて「支配する／される」の関係になってしまうのである。

セリーヌの祖父の子育てが「厳しかったが、正しかった」とすれば、そうやって育った父親が同じ方法で子育てをすることは想像に難くない。子どもを虐待する親は、「お前を愛しているからこそ厳しく接するのだ」と主張する。子どもは親の愛情を必要とする存在であるため、どんなにひどい目に遭っても、それは親が自分を愛してくれているからだと理解しようとする。こうして私たちは、愛と支配を混同してしまう。人類の長い歴史において、文化はそのようにしてつくられてきたために、私たちは無自覚のうちにそれに毒されている。それゆえ、「支配する／される」の関係性は一朝一夕には変化させられないものである。

しかし、希望はある。グラデーションには真っ黒の部分もあるが、白の要素もある。真っ黒の部分を純白に変えることはできなくても、グレーの中の白の濃度をほんの少しずつでも上げていくことはできるはずだ。そのためには、愛と支配を区別することである。

◉——虐待の連鎖を断つ

暴力と愛は別のものであると学ぶためには、暴力や支配が含まれない愛の経験が不可欠である。その経験が豊富にあればよいのだが、たとえ人生の中のわずかな時間であっても、心に明確に刻まれる出来事は存在するし、小説やファンタジーによる疑似体験も力になる。セリーヌの場合は、歯車が狂い始める以前の二歳までの経験や、父親に逆らうことはできなくても陰で味方になってくれた母親と妹、姉妹のことを気にかけて機会を見ては自宅に預かり、安心して楽しめる時間と空間を提供してくれた隣人ジュヌヴィエーヴ、ユーモラスに人生を楽しむ同志として共に過ごした親友ベンジャマン、セリーヌの話に耳を傾け、彼女のペースを尊重しながら救出のために力を惜しまなかった保健師のマリオン先生、全面的にセリーヌの味方になってくれた叔母クリスティーヌと叔父ピエールのような存在が、愛に暴力や支配は必要ないことを確信させてくれたはずだ。

一方で、それを直視することは苦痛をもたらす。愛に暴力や支配が必要ないとすれば、暴力や支配から逃れようのない子どもは絶望するしかない。人は誰しも不完全な存在であり、この世が理想郷ではない以上、子ども時代に傷ついた経験のない人はいないだろう。傷が浅ければおのずと癒えるが、傷が深ければ深いほど、その痛みを抱えて生きるのは辛いことになる。だからこそ、痛みを切り捨て、「たいしたことではない」「これも親の愛の表われだ」と考えて暮らす方が楽である。しかし哀しいかな、それでは子どもを傷つける言動を容認してしまうことになる。

セリーヌのように、「父は自分を愛していたかもしれないが、その愛し方は間違っていた」と見抜くことができれば、父親と同じ轍を踏まずにすむが、それは子どもにとって、途方もなく困難で勇気を必要とすることである。だからこそ、セリーヌを取り巻くほとんどの大人が、セリーヌの苦境を理解せず、彼女に手を差し伸べることができなかったのだ。原書解説でダニエル・ルソーが、「誰も児童虐待を直視したくないのだ。なぜなら、それはわれわれ人間の本性、そして家族の本質にさえ触れることであるからだ」と述べるのはそういうことである。暴力の連鎖を断ち切るためには、自分自身の抱える痛みを認める勇気が必要だ。
教育や躾《しつけ》の名の下で幼い子どもに加えられた暴力の記憶は、意識されずとも身体の記憶として残り、被害者を加害者にすると論じたアリス・ミラーは、それを「闇教育」と呼び（Miller 1980=1983）、そこから解放されるために必要なのは、「助けてくれる証人」と「事情をわきまえている証人」だと語っている（Miller 2001=2004）。「助けてくれる証人」とは、ひどい目に遭っている子どもの味方になり、たとえたまにではあってもその子を支える人のことであり、学校の先生、近所の人、兄弟姉妹など、誰でもよい。「事情をわきまえている証人」とは、大人になって得た知識でもってその役割を果たせる人であり、さまざまな分野の専門家や物書きなどである。

私自身は、ミラーほどには専門家を信頼していないかもしれない。「闇教育」を理解し、ありのままの子どもを受け入れることは、考え始めれば途方もなく難しい一方で、人生においては非常にシンプルなことである。専門家になるプロセスは、そのシンプルな原理を理解する妨げになる可能性があり、専門家に権威を持たせると、自分自身であることの権限を専門家に委ねてしまう危険性があると思うのだ。セリーヌの物語においても、ありのままのセリーヌを受け入れることのできた専門家もいれば、そうでない専門家もいた。同様に、それができた非専門家もいれば、できなかった非専門家もいた。

もちろん、専門家には非専門家以上の責任があり、教育や訓練によってその責任を全うする義務がある。しかし、専門家の育成をいつまでも待っているわけにはいかない。自分と他者の感情をありのままに受け入れ、子どもの存在をまるごと慈しむために、励まし支え合える小さな共同体を創っていく方が現実的だ。

◉――他者の声に耳を傾け、心を寄せられる文化を

私は、一九九九年から二〇〇〇年にかけて、「女性の性被害に関するコミュニティ調査」という社会調査に関わった。そのとき明らかになったのは、人生にはトラウマになるような体験が数多く起き、それが放置されると、心身にさまざまな症状が現われ、さらに事件や事故に巻き込まれて新たなトラウマに苦しむ可能性があるということだ。私はこれを「トラウマの複合」と呼んでいる。しかし、それを身近な人に話し、温かい共感を得ることができた場合には、状況は著しく改善する。たとえトラウマになった出来事そのものについて話すことができなくても、親身に応援してくれる他者の存在は、その後の経過によい影響をもたらす。

専門家の養成は重要だが、人びとのトラウマの数に対処できるだけの専門家を確保するのは非現実的である。専門的な対応ができなくても、親身になって心を寄せられる人を増やすことが大切なのだ。それこそが、世界のグラデーションをほんの少し白くすることでもある。その人が傷ついてきたことをそのままに認め、共に哀しみ、怒りの感情を共有し、喪失を悼む。つまり、その人をありのままに受け入れることができるとよい。苦しんでいる人の話に耳を傾けることのできる大人であるためには、ふだんから、自分自身も尊重され耳を傾けてもらえる環境が必要だ。

繰り返しになるが、ほとんどすべての人が心にグレーの部分を抱えている。純白な救世主などどこにもいない。私たちの文化にその環境が不足しているのなら、共に創っていくしかない。

二人、三人からでいい。互いに正直な自分の思いを語れる仲間を探してみよう。本書を一緒に読んで、誰かとその感想から話し合うこともできるだろう。過去の辛い体験を分かち合い、それがどのような否定的な影響を及ぼしてきたのか考えてみよう。自分にとってどんな力が助けになったのかを考えてみるのもよい。自分がのびのびと自分らしくあれた瞬間、それはどんな時だったか、誰と一緒にいる時だったか、その時の感覚を思い起こしてみよう。そして、そんな感覚を持てる時間を日常の中に増やしていくのだ。

一方が助ける人、そして他方が助けられる人と役割を固定するのでなく、交互に語る人、聴く人になる。語る側は、自分の体験や感情についてできるだけ正直に話すようにし、聴く側は、批判や助言をするのではなく、語られることをそのままに受けとめるようにする。一九七〇年代の第二派フェミニズム運動において、CR（意識覚醒）グループと呼ばれるそんな語り合いのグループが拡がり、性虐待やレイプ、ドメスティック・バイオレンスの被害者たちを闇から救い出した。ありのままに語り合い、受け入れられる関係は一種の聖域（サンクチュアリ）と言える。それぞれが、そんな定例の語り合いの場を持てるとよい。そうすることで、自分の身近な空間をほんの少し白くすることができる。この社会に白の空間が少しずつでも増えていくことが、結果的に全体の虐待を減らす力となることだろう。

「世の中は、暗黒でもなければ純白でもない」とは、セリーヌの名言である。すぐに完璧な解決は望めないかもしれないが、小さな変化はいずれ大きな変化につながる。世界は白か黒かではない。理解してくれない人もいるが、わかってくれる人もいる。辛い現状だけにとらわれないことも大切だ。人生は多面的だし、過去は変えられなくても、未来は自分自身で創っていくことができる。

虐待的養育がもたらす帰結の問題は、暴力行為そのものの問題以上に、絶対君主による支配下で自分を殺して生きるところにある。そこから抜け出すことは、自分が自身の人生の主人公になること、すなわち自己の尊厳を取り戻すことを意味する。セリーヌは、彼女の支配者たろうとする父親の目を盗んで、自分だけの秘密の世界をつくり出した。たとえば、読書を通じて空想に胸を躍らせ、ラジオ番組の会話に加わり、社会の一員である気分に浸った。おまじないも自分で自己をコントロールしようとする試みと言える。

セリーヌがピアニストでなく医師になってがんの研究者になると決意したことも、自身の人生を自ら決めるという重大な選択だった。末期がんを宣告され悲嘆に暮れながらも父親に従う父の同僚の姿を目の当たりにした彼女は、辛さに耐えながら数日後に亡くなった彼の姿に自分自身を重ね、そんな人びとを救うために闘うことを人生の目標に選んだのだろう。彼女は、「働くのは、誰の頼りにもならないためだった。とくに、夫に頼る生き方はしたくなかった。自由でありたかったのだ。いちいち報告する義務なく、自分が選んだ道を生きるという自由だ」と語っている。

彼女は医師になり、ついに自由を勝ち得た。そして、児童虐待を防止する闘いに身を投じたのである。

セリーヌは、通告を決意するまでの自分の人生を、あらかじめ定められたピアノの楽譜になぞらえている。自分の声に耳を傾けることは、他の誰かによって与えられた楽譜どおりに生きることを拒否し、自分自身の音楽を奏でることである。

◉——暴力に彩られた文化を変革する

あわせて世界の子どもたちにも思いを馳せたい。今この瞬間にも、たくさんの子どもたちが殺され、怪我や病気に苦しみ、家族を失い、地獄を目撃している。シリアでは、化学兵器などを用いた空爆によって、多くの子どもと家族が犠牲になり、難民の数は五百万人を突破しているにもかかわらず、受け入れ先は門戸を狭める一方だ。イエメン、イラク、パレスチナ、アフガニスタン、南スーダンなどでも、多くの子どもが犠牲になっている。

セリーヌが子ども会館で一緒だったママドゥは、コンゴ民主共和国の内戦から逃れるために母親に連れられてフランスに不法入国した。だが、職の見つからない母親は、ママドゥを養うことができなかった。両脚に被弾した傷痕をもつママドゥは、戦争のトラウマに苦しんでいた。ユニセフの『世界子ども白書２０１６』によると、二〇一五年までに紛争や暴力が原因で家から離れて暮らす人の数は少なくとも六千万人にのぼるという。難民の半数は子どもたちである。シリアにおける紛争のように、長期にわたる複合災害を経験している子どもたちの数は増加の一途を辿っている。

移民だったセリーヌの祖父の苦労は、暴力として父に引き継がれた。臨床現場において虐待家庭を詳しく観察すると、戦争体験者がそのトラウマを引きずって加害者になるパターンが散見される。少し先のステップにはなるが、自分自身の子ども時代の辛い体験がどんな歴史的背景によって生み出されてきたのかを客観視することができれば、回復の手助けにもなる。今すぐには難しいかもしれない。それでも、子どもの虐待を少しでも減らしたいと真に願うのなら、歴史を振り返り、暴力と支配に彩られた文化を変革し、この世界から戦争や暴力をなくす努力をしなければならない。虐待と戦争はひと続きの現象である。

セリーヌの知恵と勇気に学び、私たちも暴力に抵抗し、お互いを尊重する文化の実践に連なっていきたい。

文献

アリス・ミラー（1983）『魂の殺人——親は子どもに何をしたか』山下公子訳、新曜社
（Alice Miller, *Am Anfang war Erziehung*, 1980.）
アリス・ミラー（2004）『闇からの目覚め——虐待の連鎖を断つ』山下公子訳、新曜社
（Alice Miller, *Evas Erwachen. Über die Auflösung emotionaler Blindheit*, 2001.）

訳者あとがき

本書はフランスで出版された Céline Raphaël, *La Démesure : Soumise à la violence d'un père*, Max Milo, 2012 の全訳である。原書のタイトルは、『常軌を逸した出来事——父の暴力に耐え』という意味になる。

本書は刊行以来、フランスで大きな反響を巻き起こして版を重ねており、二〇一五年にはポケット版（Le Livre de Poche）も出版されている。

フランスの全国紙や雑誌には、本書の書評や著者のインタビュー記事が多数掲載された。そして数多くの一般読者も、著者の勇気ある告白に心の奥深くを揺さぶられたという感想を寄せている。たとえば、インターネットでフランス版アマゾンの当該ページを見ると、読者のレビューはじつに一一五を数え（二〇一七年七月現在）、しかもそのほとんどが五つ星という好評価であり、否定的なコメントはほとんど見当たらない（＊1）。

また、反響はフランスのみにとどまらず、すでにイタリアやポーランド、ウクライナ、台湾でも翻訳出版されている。

フランスでは、本書の映画化が決まったと聞く。本書は虐待を受けた少女のメモワールだが、フランスの社会状況も見事に描いている。非常に視覚的なイメージ描写が多いだけに、映画化されると聞いて大いに納得している。日本での公開も期待される。

著者セリーヌ・ラファエルの略歴は、次のとおりである。

・一九八四年……フランスの中南部オーヴェルニュ地域圏に生まれる。
・二歳半……父がピアノを購入し、妹マリーが生まれる。
・四歳……一日四時間ピアノを練習する。父の体罰が始まる。
・八歳……ピアノのコンクールで初優勝。
・十歳……毎日七時間、ピアノの練習をする。
・十四歳……「週に四十五時間、ピアノの練習をしている」と打ち明け、校医の支援を受けて警察に通報する。両親の家から離れて暮らす。
・十七歳……医学部に進学するために両親の家に戻る。
・十八歳……医学部に入学。両親の家を出て妹と暮らし始める。
・二〇〇八年……理学博士の学位を取得する。
・二〇一〇年……研修医になる。児童虐待についての論文を書く。

・二〇一二年……原書解説者である児童精神科医のダニエル・ルソーらと、児童虐待を減らすための提案書を大統領に提出する。本書を上梓する。医学博士の学位を取得。
・二〇一三年……フランス上院の「児童虐待」討論会に出席する。
・二〇一四年……マリソル・トゥレーヌ厚生大臣に児童虐待に関する報告書を提出する。
・二〇一五年……国会において児童保護法案について意見を述べる。同法は翌年可決。
・二〇一七年……児童保護に関する国家審議会のメンバーに任命される。

訳者が本書の翻訳に没頭していた二〇一七年三月二日、インターネットで前日の「FRANCE3」のニュース番組を観ていたときのことだ。冒頭では、五月のフランス大統領選挙戦の行方について報じていた。そしてこのニュースの後、なんと著者セリーヌが現われ、本書について熱く語り出したのである。訳者が仰天したのは言うまでもない。著者は、自身の辛い体験から得た知識を活かし、そして今度は医師として、児童虐待をなくすために精力的に活動したいと述べ、ドビュッシーのピアノ曲「アラベスク」第一番を繊細なタッチで奏でた(＊2)。

児童虐待は、現在においても対策がおろそかにされている深刻な社会問題だが、なぜ今日、フランスの公共放送が二〇一二年に出版されたこの本を取り上げたのか。インターネットを検索すると、その答えが見つかった。

フランス政府は、「家族・児童・女性権利省」のローランス・ロシニョル大臣が主体になり、二〇一七年三月に「児童虐待撲滅に関する省庁間国家計画」をスタートさせたのである。この計画には、「危機的な状態にある子どもを見かけたら、行動を起こして」という啓発活動も含まれている。本書の著者セリーヌ・ラファエルは、被害者および医師としてこの計画に深く関与している(*3)。

フランス政府の現在の取り組みを垣間見るために、「家族・児童・女性権利省」が作成した計画書のイントロダクションの抄訳を以下に掲げる(*4)。

今日においても児童虐待は、「ワイドショー」扱いされるか、家庭内で隠蔽されてしまうケースがほとんどだ。児童虐待に関するニュースはおなじみだが、児童虐待に対する人びとの意識は低く、世間では、この問題は相変わらず放置される傾向にある。

フランス社会から児童虐待を撲滅するには、すべての家庭、そして教育や医療などの現場の専門家たちをはじめとする国民全員を啓発する必要がある。国連の「子どもの権利条約」に批准したフランスは、「子どもが幸せに暮らすために必要な保護と世話を確保する」ために活動してきた。本計画の目的は、児童虐待をなくすために既存の法規を補完することにある。それは児童虐待に対する国民の意識を変えることによって、この暴力を減らすことである。児童虐待の防止と早期発見に関して、国民を啓発し、各自に責任感を植えつけ、皆に行動を起こしてもらうことが本計画の狙いだ。

子どもが社会に適応できるようにかれらに教育を施し、そしてかれらを保護する最初の場は家庭である。しかしながら、家庭は暴力が横行する最初の場でもある。したがって、本計画が対象にするのは、あらゆる形態の家庭内暴力（身体的、心理的、性的、ネグレクト）である。惨事が明るみに出るたびに、われわれは、家庭が必ずしも子どもを保護する憩いの場でないことを思い知らされる。だが、わが国では家庭内暴力を話題にすることは社会的タブーになっている。家庭内の出来事は各家庭の教育方針や私生活に関することであって、他人が介入すべきではないという考えから、家庭内暴力は封印されてきた。児童虐待がなくならないおもな原因は、児童虐待が明るみに出ないからである。

児童虐待など存在しないという社会的な雰囲気は、統計データが存在しないことによって助長される。今日、家庭内暴力が原因で死亡した子どもの数や、家庭内暴力の罪に問われた親の数を正確に把握することは不可能である。そのうえ、入手可能な数値が大幅に過小評価されているのは、すべての専門家の一致した見解である。二〇一六年一月に行なわれたフランス政府の公聴会の後、子どもの権利委員会は、「公的な統計が存在しないことに大変憂慮している」と述べた。世界保健機関（ＷＨＯ）によると、大人の四人に一人近くは子ども時代に身体的な虐待を受けたと思われるという。

すべての虐待による子どもの死に共通する点が一つある。それは虐待がどのような環境で起きたのかにかかわらず、当事者たちがきわめて孤立していたか、手を差し伸べる者が誰もいなかったという点である。

本計画は、児童虐待に対する措置を打ち出すと同時に、この惨事を予見して適宜対処するために、とくに身体的および性的な家庭内暴力に関する知識を深めようと試みる（方針1：家庭内暴力に対する知識を深め、そのメカニズムについて理解する）。

児童虐待を深刻な社会問題として扱うには、これまで以上に児童虐待を明確に把握する必要がある。そのためには、児童虐待に関する啓発活動を行ない、児童虐待の早期発見およびこれを告発するために利用できる手段に関する情報や知識を、教育や医療の現場の関係者に周知させなければならない（方針2：啓発活動と予見　方針3：児童虐待を突き止めるための訓練）。

被虐待児が証言しやすい環境を整えるとともに、かれらのトラウマを充分に配慮する必要がある（方針4：被虐待児のケア）。

本計画は、被虐待児支援団体、研究者や専門家、被虐待児との話し合いによって練り上げられた。

本計画は、児童虐待を減らす恒久的な政策が求められていることを受けて作成された。国民全員がそれぞれの立場で参画してほしい。

日本社会をみても、戦後の経済成長によって都市部での雇用が増え、子どもをもつ若い世代は地方から都市部へと移動した。こうして核家族世帯が増え、親戚や近所付き合いは減った。現在、家庭内暴力に対するわれわれの意識は以前よりも高まったが、他所の家庭に「口出しする」機会は大きく減った。都市部からは、横丁のお節介なおじさんや世話焼きなおばさんは姿を消したのである。そのような事情は、親の介護や子どもの引きこもりに関しても同様だ。すなわち、当事者がすべて引き受ける、である。これでは、当事者、とくに被害者は逃げ場を失い、最悪の結果を招くことにもなる。

現在の都市部の暮らしにおいて、一個人が他所の家庭の「教育方針」に口出しするのは、ためらわれる。ましてや本書のケースのように、社会的な地位のあるインテリ転勤族の家庭であればなおさらだ。当事者たちを孤立させないためには、どうしたらよいのか。啓発活動とともに法制度や公的施設の拡充、そして教育や医療の現場で働く専門家の育成が欠かせないのは指摘するまでもない。それでは、具体的にどうしたらよいのか。本書がそうした議論の材料になることを願っている。

本書の翻訳出版にあたり、日本の読者に向けて解説の執筆を引き受けていただいた立命館大学大学院応用人間科学研究科の村本邦子教授に厚く感謝申し上げたい。訳者は、本書について村本先生と熱い議論を交わす機会に恵まれた。児童虐待に関して、学術的知見だけでなく臨床経験も豊富な村本先生の解説により、読者はこの問題に対する理解をさらに深めることになると確信している。とくに、「極端なケースを除き、虐待であるかないかの境界は明確でなく、連続的なグラデーションを成している」という指摘を非常に重く受けとめた。

訳稿に何度も目を通した家人からは、さまざまな貴重な意見をもらった。おかげで複眼的な視点をもって本書を翻訳できたと思う。

新泉社編集部の安喜健人氏には大変お世話になった。本書の訳稿に目を通した安喜氏は、出版を即決してくれた。出版事情が厳しいなかで、本書の出版に意義を見いだした安喜氏の慧眼に敬意を表したい。

註

（1） https://www.amazon.fr/product-reviews/2315003792/ref=dpx_acr_txt?showViewpoints=1

（2） http://www.francetvinfo.fr/economie/emploi/metiers/droit-et-justice/maltraitance-des-enfants-le-poignant-temoignage-de-celine-raphael_2076579.html

（3） http://www.familles-enfance-droitsdesfemmes.gouv.fr/enfants-en-danger-dans-le-doute-agissez/

（4） http://www.familles-enfance-droitsdesfemmes.gouv.fr/wp-content/uploads/2017/02/DP-violencesEnfants2017.pdf

二〇一七年七月

林 昌宏

【訳者】
林 昌宏（Masahiro Hayashi）
1965年，愛知県生まれ．翻訳家．

立命館大学経済学部経済学科卒業．

訳書に，『憎むのでもなく，許すのでもなく』（ボリス・シリュルニク，吉田書店），『心のレジリエンス』（同前），『アンデルセン，福祉を語る』（イエスタ・エスピン＝アンデルセン，NTT出版），『自閉症遺伝子』（ベルトラン・ジョルダン，中央公論新社），『繁栄の呪縛を超えて』（ジャン＝ポール・フィトゥシ他，新泉社），『ユートピアの崩壊　ナウル共和国』（リュック・フォリエ，新泉社），『迷走する資本主義』（ダニエル・コーエン，新泉社），『21世紀の歴史』（ジャック・アタリ，作品社），『アタリ文明論講義』（ちくま学芸文庫）ほか多数．


【解説】
ダニエル・ルソー（Daniel Rousseau）
児童精神科医．

20年以上にわたり，児童社会扶助機関（ASE）の養護施設で恵まれない子どもたちを支援している．

主著に，*Les grandes personnes sont vraiment stupides : Ce que nous apprennent les enfants en dé tresse*（『大人は本当に愚か——苦境に陥った子どもたちから学ぶべきこと』Max Milo, 2012）など．

村本邦子（Kuniko Muramoto）
立命館大学大学院応用人間科学研究科教授．臨床心理士．

1990年，大阪に女性ライフサイクル研究所を設立し，女性と子どものトラウマや，災害や戦争などコミュニティのトラウマに取り組む．

主著に，『暴力被害と女性——理解，脱出，回復』（昭和堂，2001年），『「しあわせ家族」という嘘——娘が父を語るとき』（創元社，1997年）など．

【著者】

セリーヌ・ラファエル（Céline Raphaël）

1984年4月11日，フランス中南部オーヴェルニュ地域圏生まれ.
医師そして虐待の被害体験者として，
児童虐待に関する提言・啓発活動を精力的に行なっている.

1986年，2歳半のときに父がピアノを購入.
1988年，4歳のとき，ピアノの練習中に初めて父の体罰を受ける.
8歳でピアノのコンクールに初優勝し，10歳で毎日7時間ピアノの練習をする.
1998年，14歳のとき，校医の支援を受けて父の虐待を警察に通報.
施設暮らしを始めるが，17歳のときに医学部進学のため両親の家に戻る.
18歳で医学部に入学．妹とともに家を出て2人暮らしを始める.
2008年，理学博士の学位取得.
2010年，研修医になる．児童虐待に関する論文を執筆.
2012年，本書解説者の児童精神科医ダニエル・ルソーらとともに児童虐待対策の提案書を大統領に提出．同年，本書をフランスで出版．医学博士の学位取得.
2013年，フランス上院の「児童虐待」討論会に出席.
2014年，厚生大臣に児童虐待に関する報告書を提出.
2015年，児童保護法案について国会で意見陳述．同法は翌年可決.
2016年，政府の児童虐待撲滅計画の原案作成に参加.
2017年，児童保護に関する国家審議会のメンバーに任命される.

父の逸脱——ピアノレッスンという拷問

2017年 9 月 15 日　初版第1刷発行
2017年 12 月 15 日　初版第3刷発行

著　者＝セリーヌ・ラファエル
訳　者＝林　昌宏
発行所＝株式会社 新 泉 社
東京都文京区本郷2－5－12
振替・00170－4－160936番　TEL 03(3815)1662　FAX 03(3815)1422
印刷・製本　萩原印刷

ISBN978-4-7877-1709-2　C0011